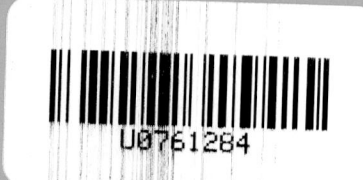

五月的富春江

朱留家 著

文匯出版社

和音乐家吕其明一起庆祝建党 80 周年

在东方网和主持人一起与网友聊天

▶（北）在黑龙江省漠河县北极村

▼（西）1995 年 8 月在帕米尔高原中巴边境红其拉甫边防连慰问前哨班官兵

▲（东）2008 年 8 月在黑龙江省抚远县乌苏镇“东方第一哨”与两位边防士兵合影

◀（南）2002 年 8 月在西沙永兴岛和驻军司令员在石岛主权碑前

2018年春节和孙女小贝小田合影

与妻子在英国旅游

自 序

我出生在新安江畔，成长在富春江畔，从业在黄浦江畔。我读了20年书：至中学毕业12年，大学中文专业3年、法学专业3年、MBA 2年。我在军营有27年连续在上海警备区司令部。我在上海市政府征兵办公室23年，这是职业生涯的主要部分。我又在上海市拥军优属（退役军人）基金会担任理事，至今已25年。求学和从业有重叠年份。

欣慰的是，在每个工作生活阶段，都有感而发，写了一点文字，一些还被军内外报刊用过，这就助我作了一些人生的记录。朋友们要求我成书，说可读性较强。我就遵命了。

在校核文稿时，又让我顺着走过的足迹回味了一遍，使自己仿佛回到那些富有激情的岁月，品味那刻骨铭心的工作生活场景和情感，每每潸然泪下。我的文稿，都是我对走过来的路和已经做过的事的真情实感。是工作记录，是生活记录，是纪实文字，是心路历程。

值此，感谢那些在我人生路上指引过我、帮助过我、鼓励过我和支持过我的前辈们、师长们、同志们、同事们和亲友们。

作者于2019年3月15日

目 录

境外篇

生活篇

军旅篇

中国人民解放军是世界上最好的军队，这是由它的性质、宗旨和传统所决定的。凡经军营生活熏陶者，对中华民族的传统文化会坚信不移，并且人格、意志、思维、视野、体魄都能经受人生中的种种考验。

从军日记五则

1969年2月27日

晚7:30，乘“天鹅号”轮船离开了桐庐东门码头，沿富春江去杭州，要乘火车去上海。家乡的领导、人武部首长和同学们隆重地夹道欢送我们，这是对我们新兵的最大鼓舞、有力鞭策！

1969年3月2日

下午连长上课——卫兵一般职责：

1. 接班前做好一切准备工作，按照规定着装。

2. 熟记卫兵的一般职责和特别职责，熟记警卫区域内的地形地貌、地物，牢记口令和信号。

3. 时刻提高警惕，严密地观察和听察警卫区域内的情况，在任何情况下，不准擅自离开岗位，武器不准离手，不准瞌睡，不准坐下，不准抽烟，不准谈笑，当上级询问时，在回答时要注意警卫目标。

4. 当警卫目标安全受到威胁时，应当采取积极保卫的措施。

5. 如有群众妨碍执行勤务时，应当加以劝阻，必要时要向上级报告。

6. 换班时，应把当班情况进行介绍。

特别职责：对外出人员检查整装。对来队家属和客人应热情招待他们到收发室。

1969年3月8日

对自己有利，于他人不利的事坚决不做！

对自己有利，于集体不利的事坚决不做！

对自己有利，于国家不利的事坚决不做！

1971年12月1日

组织上决定把我调到上海警备区机关工作，心里既激动又担心。激动的是党对自己寄予很大的信任，担心的是怕思想革命化水平低，担负不了重任，辜负了领导的期望。营、团首长给我以很大的鼓励，千叮咛、万嘱咐，语重心长，给我力量。

1971年12月2日

来到上海警备区司令部，工作变了，环境变了，条件变了，职务变了，变化不小！

但是，要千万千万注意，认真学习马列主义毛泽东思想不能变，刻苦改造主观世界不能变，普通一兵的本色不能变，劳动人民的思想作风不能变！这四个方面，一丝一毫也不能变。

要牢牢记住毛主席的伟大教导，务必保持谦虚、谨慎、不骄、不躁的作风，务必保持艰苦奋斗的作风。身居闹市，一定要不沾灰尘，心红志坚。

（选自作者日记）

1976 年在上海警备区司令部办公楼前

红其拉甫之行

办公桌玻璃台板下压着一张珍贵的照片：我与几位边防战士的合影，哨卡上鲜艳的五星红旗在高原特有的深蓝色天际飘扬。地点：祖国版图的最西端，红其拉甫，这个人们熟悉而又陌生的遥远地方。8 月上旬，应喀什军分区高参谋长之邀，我与几位同行在完成了公务之后，前去看望了我们的边防战士，于是就有了难忘的红其拉甫之行。

丰田越野车穿过喀什市郊的绿洲，又以 120 码的速度穿越茫茫戈壁，接着沿盖孜河驶进了长达 100 多公里的大山谷。随着海拔的升高，两旁红褐色寸草不长的山峰渐渐被皑皑白雪覆盖。偶尔，在河谷小平地上出现几顶帐篷和游牧的少数民族人家。这是早年我国通往中亚的唯一通道。当年，不畏艰辛的张骞出使西域、玄奘印度取经和马可·波罗华夏探险都取道这里。往昔坎坷而著名的“丝绸之路”如今已变成铺着沥青的国道，但恶劣的自然环境仍使它处处出现险情，山洪和泥石流把整个路段冲毁的现象屡屡可见，越野车不得不颠簸绕道，午后被晒化的高山雪水在车下哗哗流淌。

陪同我们的分区何科长行前曾告诫我们上高原的注意事项：走路要慢，说话要轻，因为高原缺氧。对这些，不亲身体验是很难想象的。下午九时许，车到卡拉库力湖，由于时差，这里仍然阳光灿烂。这是我国海拔最高的湖泊之一，高山雪水使湖水清澈但难以见底。湖之南，被誉为“冰山之父”的慕士塔格峰以它海拔 7 546 米的英姿在斜阳的照射下雄伟壮丽。东面，被称为九姐妹的九座雪峰倒映在湖光碧波中。向北望，我们几乎能够得着海拔 7 719 米的帕米尔第一山——公格尔山的肩膀。下得车来，觉得万籁俱寂，只有风拂衣裤的呼呼声和自己的喘息声，真是“千山鸟飞绝，万径人踪灭”，好一片净土。当晚，我在此度过了今生第一个不眠之夜。这里海拔 3 600 米，为了“稳定军心”，在高原戍边多年的何科长对我们瞒去了几百米。晚饭在当地旅游部门开设的小餐馆里草草用过，我们便在这儿的帐篷里过夜。由于到这来得有点探险家的决心，客人不多。我们一行人挤在一顶帐篷里，开始还觉得有点诗意。十点过后，天已全黑，冷气逼人，北风呼啸起来，湖水哗哗作响：碰上了恶劣的气候。于是，左一个翻身，右一个翻身，怎么也睡不着。子夜，不知怎么头痛欲裂，又胸闷气短。只听见别人翻身的声音，又不好意思叫他人，只有胡思乱想起来。我想到了孔繁森，在高原缺氧不成眠的深夜，曾给秘书写下了七尺男儿万一不测的交代，这份滋味现在真正体会到了。我又想到大西北这一路行来，深感人的渺小，只能依赖自然界而生存；同时又感到人的伟大，只要找到水，就能够繁衍生息，开拓出片片绿洲。想得更多的还是我们的边防战士，长年在高原坚守祖国大门，服役几年是怎样生活和工作的？

天亮了，风停了，一夜不眠的我，问了几位同行，都说头疼，一夜似睡未睡。看他们，嘴唇都是紫紫的。人生存最重要的是阳光、水分和空气，而这里空气稀薄，用何科长的话说，“氧气都吃不饱”。下山后他才告诉我，他也头疼得厉害，只是不能说给我们听。

我们告别美丽而冷峻的卡拉库力湖，又跋涉 100 多公里，来到了只有一条街的高原名城塔什库尔干。它是塔什库尔干塔吉克自治县县城，也是我军某边防部队的驻地。县人武部政委陈仓康上校安排我们用中餐。“老板”是位张女士，一问，原来是人

1995 年 8 月，在帕米尔高原中巴边境红其拉甫边防连慰问前哨班官兵

武部王副部长的妻子，一位来自天府之国巴中地区的军嫂。她为了使丈夫安心戍边，把孩子寄养在外婆家，千里迢迢登上了帕米尔高原，伴随当兵已20年的丈夫守卫国门。我的鼻子酸酸的，眼睛也模糊起来。在祖国的万里边疆，有多少个来自内地的战友们，在他们的身后，又有多少个好军嫂！

下午，越野车载着我们驶向此行的目的地红其拉甫。因为接近边境，过了好几道关卡。公路两边的山不高，但山上都是积雪，因为海拔已经在4 000米以上。经历了头晚的考验，身体似乎适应了一点，但我们仍然十分谨慎。又经过100多公里的行程，我们来到了著名的边防某部红其拉甫前哨班。排长领着几位战士列队欢迎我们，我们送上慰问品，慢慢挪动脚步，到前哨班的宿舍里进行了简短的座谈。这是一座两层小房，室内的桌椅板凳和床铺似乎要比内地部队新，还配备了小发电机，这些都凝聚了上级机关对边防战士的关怀。因为缺氧，水到70摄氏度就开了，烧饭得用高压气锅，很难烧熟菜饭。基本的生活设施还可以，但是基本的生存条件缺乏：缺氧。在喀什的时候，见到几位曾长期在高原工作过的团长、政委，他们如今有的指甲内陷，有的40出头头发已经稀疏。缺氧不仅仅一时难受，还可能给人的生理留下不可弥补的损伤。我问战士们是不是苦，听到的回答是“不苦”。哪能不苦？班长库尔班，已经超期服役，从那被紫外线照得黝黑的脸庞上，足见其所经历的风霜。来自甘肃的小刘当兵才1年半，小张去年当兵时才17岁，可现在看起来都像20好几的人了。每天，他们要步行到1公里外的边界线巡逻。冬天，最低气温可达零下40多摄氏度，在稀薄的空气中踩着厚厚的积雪，要付出多大的艰辛！这里渺无人烟，又是不毛之地，只能终年与雪山、大风作伴，还有那哨所顶上的五星红旗。没说几句话，我们都讷讷难言，我噙着眼泪用笔代言，在留言簿上写下了我们的心意：向红其拉甫前哨班的同志们致敬，为祖国、人民默默无闻奉献的人平凡、伟大而光荣。

班长陪我们乘车到海拔 4 733 米的中巴边界线。这儿是名副其实的高原，昆仑山脉、喀喇昆仑山脉、天山山脉和兴都库什山脉，在这里会聚形成了举世闻名的帕米尔高原。高高的 7 号界碑上，中华人民共和国国徽熠熠生辉，国徽面前，有我们战士的高大身影！

高山反应明显起来。我们在这里不能久留，只能恋恋不舍地告别红其拉甫的战友们踏上归途。在县城住了一晚，第二天返回途中，我们又顺道去了布伦口边防连。这是一个有着光荣历史的红军连队，它的前辈们曾参加了五次反围剿、二万五千里长征和南泥湾大生产运动。1949 年进疆后又屡建战功，1969 年起担负边防守备任务至今。连队驻地海拔 3 600 米，边境巡逻最高点海拔 4 800 米。指导员朱文斌向我们介绍了连队执勤、学习和生活情况，我们还见到了几位去冬从江苏、浙江来这里履行兵役义务的战士，都被高原的阳光和山风吹晒得黑黑的，少去几分稚气，已经出现了老成。连队的围墙上书写着鲜红的八个大字：以卡为家，无私奉献。我看到过许多以“奉献”为题的标语口号，但在这里却不是口号，而是人民子弟兵风范的真实写照，无私奉献是我们边防战士的日常生活。

我和朱指导员拉起了家常。他今年 28 岁，家住乌鲁木齐，已经谈了几次对象了，人家一听说他在高原边防，就都收回了“彩球”。我问他对此怎么想，他淡淡地说：缘分没到罢。望着他那开始谢顶的尊容，我再次强噙住了泪水。越野车启动了，我按下车窗玻璃，深情地对他说：本家，祝你早日成家！

（选自《解放日报》 1995 年 11 月 16 日）

又到罗湖桥

离香港回归祖国还有几十天，我又来到了罗湖桥，这座世人注目的桥。前些年我来过这儿，在桥中间那道白线旁，陪同的警官曾不无遗憾地提醒我：请别跨过那条线。因为线那边，还属人家管。我望着桥那头海关上空飘动的米字旗，心头阵阵酸楚。

那道线已经划了100多年，罗湖桥为证。罗湖桥位于深圳市罗湖区与香港新界相连处，原是深圳河上的一座木桥。香港被占后，1881年，港英海关由九龙迁到这里设防。这座木桥就成为当时的边境通道，桥上的中间线就成为边界线。后来，木桥改成水泥桥。1909年，广九铁路由此通过而在水泥桥西建起了铁路桥。1985年，在铁路桥和水泥桥的东侧建起了现在的双层人行桥，成为罗湖口岸的人员通道。上层为深圳至香港，下层为香港至深圳。桥两头，则分别为深圳和香港的海关联检大楼。广义上的罗湖桥，实际上已有三座桥：人行桥与铁路桥加上其间的一座已停止使用的水泥桥。现在我们泛指的罗湖桥一般是双层人行过境桥。这座桥每日出入境旅客处理能力达20万人以上。

在铁路桥头，列车隆隆驶过身旁，是一列驶往九龙的供港快车，从上海、武汉、郑州三地开出的三趟快车，已经35年如一日向香港同胞提供源源不断的副食品。我指着桥那头那面米字旗，问在此执勤已三年的武警战士小陈，对五星红旗很快要取代它有何感想，这位来自广州的小伙子简简单单地说：早该这样了。

是的,150 年的历史太长了。以捍卫国家主权和民族尊严为己任的共和国士兵们无疑会急不可待。前一天在我军驻香港部队某部走访,营院里有一幅醒目的标语,来自上海的大学生士兵蔡文彪对我们说的就是标语上的这句话:“一天当两天,雨天当晴天,黑夜当白天。”苦练精兵,去履行对香港恢复行使主权的神圣使命。这支部队已经被祖国人民和香港同胞誉称为威武之师、文明之师,成为内地与香港紧密相连、休戚与共的纽带和桥梁。

已经率领先遣人员进驻香港的部队副司令员周伯荣少将请我们转告上海兵的父母,他们的孩子有抱负、肯吃苦、责任心强……

我来到蔡文彪入伍前所在的市政一公司,这是一家名牌公司、国家一级企业,是中国公路桥梁建设总公司上海分公司的常设机构,曾参与建造了名扬海内外的南浦大桥、杨浦大桥、徐浦大桥和罗山路立交桥等世纪工程。小蔡大学毕业后来到这家公司的浦东分公司,是从延安西路高架桥工地上撤下来去当兵的。憨厚的浦东分公司党总支书记魏英华对我说,小蔡是个好青年,真舍不得让他离开公司,他原来在上海造桥,现在是在为国家造桥,建造“一国两制”的统一祖国之桥,越是优秀的青年我们越要朝部队送。

我又来到了上海海运集团海员杨建科的家。年届六十的老杨在一艘海轮上当大副,儿子杨猛高中毕业后也到了我军驻香港部队服役。今年春节以后,他所在的船停靠在深圳附近的码头,念子心切的老杨却几次打消到近在咫尺的部队看望儿子的念头。他说:我去部队,儿子是见到了,但肯定会给部队添麻烦,使儿子分一些心,部队进驻香港前多忙啊!

这些就是上海人，我军官兵的父辈和后盾，祖国人民的普通代表。他们与香港同胞素不相识，但血脉相连，是“一国两制”伟大构想的伟大基础。有了这个坚实的基础，内地与香港的联系桥梁会更加牢固，香港的未来会更加稳定和繁荣。

（选自《解放日报》 1997年6月26日）

西沙的海

“琼沙二号”轮在晚 7 时许起锚，鸣响长长的汽笛告别海南清澜港码头，驶向茫茫南海。这是一艘三千吨级的海轮，它的“姐妹”船、早先“退役”的“琼沙一号”轮，是当年毛主席批示当地政府建造的，专门作为我军驻西沙群岛官兵的补给船。受上海市政府、警备区领导委派，我和市双拥办同志一行搭船远航，去南海舰队驻西沙某部慰问，到真真切切的天涯海角探访。

正好是一个月夜，明镜般的月亮高悬天际。暮色苍茫，海天一色。深黛的海浪纷纷擦船舷而过，与轮机的轰鸣声组成了气势磅礴的交响乐。海轮航速 12 节。陪同的海军榆林基地黄处长告诉我们，四五月份是南海最平静的日子，海上小风小浪。我们乘坐的船又比较大，如是一般的舰艇，有晕船反应的就多了。尽管如此，在莫测的夜海中航行，躺在舱房的床上，当船体随着浪涌左右倾斜时，心头还是有一些发怵。

上海电视台的张永新同志来扛摄像机时我才知道天已亮。我们登上了船顶甲板，领略晨海和日出。经过 10 多个小时的航行，我们已经驶经著名的西沙群岛七连屿。离这不远的海域是太平洋与印度洋之间的通道，战略地位非同一般，郑和从这里七次南下西洋走向世界，侵略者的坚船利炮从这里北上发动鸦片战争，海轮运送中东的石油驶经这里前往太平洋沿岸国家。这时，东方日出前的光芒把大海映衬得一片白蓝。随着一轮红日跃出水面，海水又变成红蓝。须臾，整个海域即恢复了本色深蓝。蓝天悦目，白云柔和，碧海波兴。加上海轮橘黄色的甲板，鲜明的色差构成了南海一幅绚丽别致的油画。一大群海鸥在船头扑腾浪花。海鸥通体白色，颈项一圈黑色，平添了矫健和潇洒。它们是海的主人，海的象征。

从西沙的“首府”永兴岛在海平面出现，到离船登岛，我们都怀着少有的亢奋，大家忘却了火辣辣的太阳，与在码头等候多时的西沙驻军领导久别重逢般地握手。当面包车驶入椰林丛中的西沙海军招待所时，大家都惊叹官兵们已把海岛打扮得如此美丽。

主人向我们介绍了上海籍义务兵的情况。令人十分欣慰的是，在西沙部队服役的上海兵，无论是炮手、配线员还是灯标兵，大多数已成为优秀士兵或荣获嘉奖，他们在这儿大大小小的岛屿上奉献青春，无怨无悔。在招待所当厨师的沈豪军是从浦东新区入伍的，我问他来部队后最大的收获是什么，他不假思索地回答：“做人。”他说，有一次他被岛上的毒虫咬伤后，高烧不退，班长在半夜里背着他到1公里外的医院治疗，又通宵陪着他打点滴，直到烧退后才离去。在住院期间，班长天天来看他，挖空心思觅来瓜果帮他康复。小沈动情地说，官兵和战友情深似西沙的海。

我提议到连队食堂用餐，得到了几位领导的应允。我们一行来到了坦克连饭堂。让我们颇开眼界的是饭桌和凳子，它们都是砖砌的，并用白瓷砖贴面。因为西沙是个高温、高湿又高盐的地方，如用木制品，很快就腐朽。难怪，我们感觉这里的风吹过来都是咸的。还使我们大开眼界的是，开饭前，为表示对我们的欢迎，全连官兵举起茶缸，以水代酒，一起高喊“一、二、三！”震得我们耳朵“嗡嗡”作响。指导员唐飞龙对我们说，官兵们过节时都会齐喊几声再动筷，目的是排遣一下守岛的单调和孤独，哪怕是在只有几个人的小岛上，也会吼几声“过过瘾”。这里的军官3年才能轮换回大陆，家属不准来队，是个与现代文明社会隔绝的地方。唐指导员告诉我，他军校毕业后来西沙部队，先后已与三位家乡的女友谈崩了，我鼓励他会成功的，他虽有茫然，更多的是信心。

2002年8月，在西沙永兴岛和驻军司令员在石岛主权碑前

西沙驻军司令员杨卫军大校下午陪同我们到西沙海拔最高的石岛参观主权碑。石岛之壮美，美不胜收。主权碑上“中国西沙石岛”几个红色大字伴随着庄严的国徽鲜艳夺目。主权碑两侧，是午间南海的壮丽风光。一侧，石岛的“老龙头”伸向深海，这是一座沿海面的珊瑚礁组成的小坡，海浪已捣空了“龙头”下的礁石，浪花有节奏地鸣响出深沉的“哗哗”声，似蛟龙戏水。另一侧，湛蓝的海洋无边无涯，在午后斜阳下气势非凡，深蓝的海浪滚滚而来。我们都由衷地感叹：这才是大海！当海浪向你脚

下涌来时,你才发现海水是那样的洁净。杨司令员说水下的能见度可达30多米。你还会看到,一群群海蟹在礁盘欢快地上下嬉戏、蹦爬觅食。祖国的南海是多么安谧,因为它有坚强的守护者。

在即将离开西沙的时候,驻军政委林波大校在海畔椰树下接受了上海几位记者的采访。林政委是二上西沙的老兵,他说,西沙官兵之所以在艰苦的环境中出色地完成守卫南疆的任务,是因为大家都有神圣的使命感,胸襟宽广如西沙的海:“来到西沙图什么,身在西沙干什么,离开西沙留什么”,自1959年我人民海军奉命驻守以来,一代代西沙官兵都向祖国人民交出了合格答卷。除了信念,还有亲密无间的官兵情谊凝聚着人心。林政委概括西沙部队的官兵关系:“像南疆的海水一样清澈透明,像东岛的鲣鸟一样洁白无瑕,像遍地的抗风桐一样坚不可摧。”诗一般的话语在西沙的碧海、蓝天、白云、椰林间久久回响。

(选自《解放军报》 2002年8月15日,《解放日报》“西沙的答卷” 2002年7月17日)

给“钢铁战士”刘琦的回信

刘琦兄：

您好！感谢6月6日的来信。你的信，你说是肺腑之声，我说是散文诗，感人肺腑，催我泪下。我这个人又硬又软，家人经常说我处事果断，但我却是非常见不得情感的人。看影视节目，尤其是古今中外的战争片，只要出现格斗场面，我都要转换频道，或者干脆离开，体育节目中的拳击比赛我是绝对不看的。无论战斗双方是谁，我军或是国军，苏军还是德军，在我的理念中，倒下去的百分之九十九都是平民百姓的孩子，都是由父母含辛茹苦养育成人的血肉之躯。战争有阶级性，参军参战前的生灵许多是没有政治属性的。我经常向同志们、朋友们表白，我最大的欣慰是，我从1988年来到现在的岗位上，负责送往部队的热血青年有数以万计，但没有一个人因战争而伤亡，这才真正是三生有幸！他们百分之九十以上可都是独生子女。亦为人父的我，每年在车站、码头见到送晚辈参军的老人或同辈，他们的眼泪往往会催开我的泪腺：这是我的职业病。

因此，我竭尽全力办成了全国最优惠的对义务兵及其家属的优待政策，对为国家和民族准备奉献热血乃至生命的军人，国家和政府怎能亏待？

因此，我对属下严格要求，对平民百姓子女参军和退伍安置的事要尽心尽力，能帮则帮，谁敷衍应付，我决不容忍。

因此，何况是你的优秀大学生侄女，办妥了，是社会对你应有的回报，是人民政府对你妻子的褒扬，也是同样作为军人出身的我对你的敬重。

因此，我对琪忠兄说，我怕见到你，一是做了一件应做的小事，无论如何不能接受你的感谢。二是看到你为军队为人民付出的情景，我难以控制住我的情感。

刘琦兄，好人一生幸福。你有这么贤惠的妻子，有这么可爱的女儿（上海人都说养女儿养福气，尤其对父亲），还有党、国家、军队、各级政府和人民对你的关心和支持，加上你作为命运的强者耕耘不辍所获得的丰硕成果、所实现的人生价值，作为同志、朋友、兄弟中的一员，由衷地为你高兴，也为你祝福：愿把保重身体放在第一位。琪忠兄说过，他与你很有缘，他会一如既往支持你的。由他牵线，我们也结缘了。如有事要办，请尽管吩咐，我定当尽力而为。

寄上两本书，给你的书架上增加两份资料，书里其中的一张图片，那个陪同刘云耕副书记等领导看图片展的就是鄙人。如有作品出版了，请再寄我。再建议一句：健康状况允许的情况下再写作。

祝：全家幸福！

朱留家

二〇〇五年六月十六日

附：

刘琦同志来信

尊敬的朱留家主任：

您好！

好久没有与您联系了，主要因为您工作繁忙唯恐打扰您。但我无时不在惦念着您！尤其在接到侄女的来信，感受到她成为一名飒爽女兵的那种兴奋和快乐，我对您的感激就越发强烈而无法自抑。平心而论，如今女孩子当兵多么不易，侄女想参军一事，我曾经与自己部队的领导谈起过，他们甚感为难，只能是争取争取而已。琪忠老师十几年来一直在关心着我，找他帮忙是出于无奈，他很爽快，说与您是老朋友了。于是，麻烦添到您这里。让我始料不及、感慨万千的是，我们素昧平生非亲非故，您却用极大的热情关心我们、帮助我们！您不仅百忙中抽暇打电话给我，还亲自打电话到我侄女家，又不厌其烦打电话给我侄女，向她交代了许多我都不知不懂的事情与情况。一名局级干部如此谦和、如此平易近人，能做到这些的能有几人？恐怕连乡武装部干事都未必能够做到这一点！您在最最忙的时候，也一直牵挂着我侄女的事情，给军区打电话，给浙江省征兵办打电话，给浙江省军区打电话，这种无微不至的关怀，着实令我感动不已。我一个新兵能得到您这样一位老兵的真心关爱、倾力帮助，无疑是三生有幸！

我不知该如何感激您，最怕庸俗的我竟然想庸俗一下，想见见您，想请您吃顿饭聊表谢意，然而您婉言谢绝。超俗的您以您的高风亮节、您的人格力量使我震撼，不得不对您钦佩有加，对您产生出更多更大的敬意！您的身体力行，定会对我的余生产生影响，受用一生。

不能与您见面，无法与您畅谈，很是遗憾，是个心结。今天也就不管您有多忙了，都要打扰打扰您，一灯一桌一笔一纸地同您聊聊。

我不信命，所以才与命运搏斗。但，我相信缘分，尤其在我伤残后，与朱姓的人特有缘分。这里我多用一些笔墨，说给您听听，好吗？

1981 年 4 月 1 日，我烧伤致残，而且残至特等。面对厄运，年轻的我不甘沉沦，开始与命运抗争，为了证明自己存在的价值，向保尔学习，搞起了文学创作，不分昼夜，坚持不懈。1984年，当时社会风气不甚纯洁，发表作品找关系走后门的人众多。我生在军营，长在军营，后又身在军营，很少接触地方的人和事，至于文学界更是没有一丝关系一个熟人，甚至任何一家报社、杂志社、出版社的门朝哪边开都不知道。但我在乎什么？除了怕自己无能之外，什么也不在乎！失去双耳、双目、双手，失去已经很多的我，还在乎失败吗？于是，一首小诗不抱任何希望地寄到《文学报》社。意想不到的事情发生了，这首小诗不但被发表出来，而且还得了个一等奖！我有了处女作的同时，也有了更多的信心和希望，这种信心和希望，正是《文学报》社的朱金辰老师给予我的……

1983年11月，我第一部长篇小说完稿，寄到北京解放军文艺出版社。一去一年多，泥牛入海杳无音信。当我对书稿不再抱任何幻想时，朱传雄老师来信了（又是一位朱老师），而且是两封（足见他的认真负责精神）。一封是写给当时我所住招待所所长的，主要向他打听我的情况和去向；另一封是给我的，他在信中说，先前负责华东方面稿件的编辑去进修了，他刚接手，并从成堆的稿件中发现了我的稿子，认为很有出版价值，并希望我尽快与他取得联系。此后的四五年间，他陪我三易其稿，每当写作写不下去的时候，都会得到他的及时鼓励，他说他一定奉陪到底。在他的帮助下，1987年，我终于有了自己写的书，并成为中国作家协会最年轻的一名会员。

朱修培，大宁菜场优秀女售货员、市“三八红旗手”，多年来风雨无阻，为我家送货上门……

朱扣喜，共和新路邮局职工，一直负责把我的邮件送到家中……

朱均华，市司法局的一名处长，是街道为我聘请的法律顾问……

地铁一号线，从锦江乐园修到徐家汇，试运行那天，客运段主任朱于山亲自把我接去，参观了地铁站，成为乘坐上海地铁首批人员之一……

市交警总队总队长朱伟明，也曾经为我排忧解难，可至今我们也不曾谋面……

最近，部队在宝山区为我调整了住房，住房条件得到改善，但女儿上学又不方便了，而且按规定高中生又不可以转学。犯愁之际，顾村中学朱伟文校长慨然伸出援手，同意我女儿去该校就读……

我常想：伤残后，身处逆境的我，如若没有组织上的关心照顾，没有众多朱姓朋友的帮助和呵护，我的命运将会是什么？会不会有我今天的成功和今天的我？在此我要感谢所有的好心人，祝愿好人一生平安！

留家大哥，请允许我这样称呼您，因为这是发自肺腑之声。这里我向您致敬、向您深鞠一躬，永远感谢您！

祝：好！

刘　琦

2005 年 6 月 6 日

我读士兵日记

总政歌舞团在“八一”期间来上海演出大型音乐舞蹈《一个士兵的日记》，消息在媒体发布的当天，我就订购了 2 张最好的票，因为妻子最爱听歌舞团几位明星的歌。而吸引我的主要是这台音乐舞蹈的主题：士兵从参军到退伍的历程。作为在市政府征兵办工作了 10 多年的我，已经参与向部队输送了数以万计的士兵，关注士兵从参军到退伍，与应征青年及其家庭共享喜怒哀乐和苦辣酸甜，就是我工作的全部。品赏了这台音乐舞蹈大餐，我情不自禁地解读起来。

《一个士兵的日记》震撼人。总政歌舞团的艺术家们演绎的音乐舞蹈，称得上国内顶级、世界一流。思想性、艺术性的完美结合，把我们这支人民军队在新世纪决战决胜的精神风貌表现得淋漓尽致：行进如排山倒海，进攻似泰山压顶，无坚不摧，无往不胜，动人心魄，振奋人心。军队的基础在士兵，军队的战斗力由士兵组合成。犹如剧中的群舞，之所以气势如虹，是因为单体合成了群体，而合成的力量是磅礴无比的，剧中的士兵，就是滚滚铁流中一个个不可缺少的组成部分。士兵是青年的精华、民族的精英、共和国的脊梁。我去过某特种兵大队，在上天能跳伞、下海能泅渡的特种兵中，小顾是我们送去的士兵。他是同济大学本科毕业后参军的，特种兵的装备他样样拿得起，军事训练他勇于夺第一。我问他特种兵的战斗力由什么形成，他不假思索地回答：为国家、为人民、为民族尽忠保国的宗旨，革命军人义无反顾的战斗精神，军事技术和优良装备。不愧是大学生士兵，把我军一往无前的内涵描述得一清二楚。小顾像剧中的士兵一样，在经历了风霜雨雪的军旅生涯、成为光荣的共产党员后退伍返乡，现在是上海一家建筑公司的项目工程师。

《一个士兵的日记》感染人。芦花白时士兵应征，流淌的汗，晒黑的脸，儿行千里母担忧。士兵感到母亲的微笑始终伴随着自己的从军路，军营故乡紧相连。军队打胜仗，人民是靠山，脚踏着祖国的大地，背负着民族的希望，这就是我们人民军队力量的源泉。看着士兵在剧中的一步一个脚印，我不禁想起了一个真实的故事：在某集团军，有一个我们征集的士兵小徐，参军前就是个军事迷，入伍后继续钻研现代军事理论，把所学知识运用到军事训练和器材改革中获得成功，还成了给师长、团长们讲课的“兵参谋”，部队给他记了二等功。他的几大箱军事书籍和参考资料，都是母亲寻寻觅觅，从上海的一家家书店买到的。在十年前，普通人家还不富裕，买书所花费的上千元钱，竟是母亲卖茶叶蛋攒下的！更使人想不到的是，这期间父亲正患着不治之症。古今中外，有哪一支军队和老百姓如此心心相印、如此唇齿相依和鱼水情深？唯有中国人民解放军。

《一个士兵的日记》启示人。服役期满，士兵恋恋不舍但又是脚踏实地退役返乡了。在大熔炉里锻造过，在大学校里成就过的他，迎接的是挑战，也必定是成功。有事实为证。这个建军节，我与几位退伍兵相聚，其中的小乔，原来是一个普普通通的农村小伙，他是那年本市征集的百名进藏兵之一。第二年我们去西藏慰问，他在军区后勤仓库当饲养员，曾经在春寒料峭时节让战友用背包带拴住下拉萨河打猪草，把几十头猪饲养得膘肥体壮。时任职西藏军区的胡政委向我们称赞他是“大城市文明与老西藏精神相结合的好士兵”。那时是对着摄像机一句话也讲不出来的新兵，如今已是镇政府土地管理所的共产党员。小乔说："这份人生的收获，只有经过部队磨砺摔打才能得到。"

还有一位女兵小祁，是我们协助驻港部队于 1997 年香港回归前夕在全市择优挑选的"五朵金花"之一。在文明、威武之师服役 3 年退伍后，成了上海航空公司的一名出色空姐。她成家举办婚礼时，一定要请我作证婚人，说是我改变了她的人生。我说改变你人生的哪里是我，分明是我们的军队。我军是世界上最好的军队，她不仅是人民的忠诚卫士、祖国的钢铁长城，而且是青年人成人成才的最好熔炉和学校。在上海，有许许多多的父母亲，都希望把自己的子女送往部队，因为，成人和成才是父母对子女的殷切期盼。而成人成才最好的地方，哪里比得上人民军队呢！

感谢总政歌舞团为我军、为大众奉献了一部优秀的主旋律作品。

(选自《新民晚报》 2005 年 9 月 9 日，《解放军报》 2005 年 8 月 26 日，标题："震撼人　感染人　启示人")

东方第一哨

我对兵的感情很深。

去年的一个夏日，我们两口子在哈尔滨登上了东去的大巴，6个多小时后，抵达东北名镇佳木斯。第二天凌晨，再登上东去的大巴，又是6个多小时，到了祖国版图上最东的县城抚远。

此行的目的地是乌苏镇，被誉为“东方第一哨”的所在地。到我军最东端的一个哨所，见见那里的官兵是我多年的愿望。因为，到了这个哨所，看望祖国东西南北最远4个哨所的愿望就基本实现了。

盛夏的抚远天低云淡，越野车穿行在蓝天白云下的绿色田野中。抚远县人武部王科长陪同我们再东去。他颇具权威地向我们介绍起乌苏镇的历史：“乌苏”二字引乌苏里江的前二字。清初是乌苏里江三大重镇之一，名“窝鸡口”，面积约2平方公里。1917年旧军队驻防定名为乌苏镇。后因有界石碑，又称“交界碑”。民国初年至1920年，这里是商业小镇，有“福源茂”等9大商号繁荣昌盛，还设有警察分所和税捐分局各一处，居民约20户，150多人。来此购货者以移住右岸之朝鲜农民及俄人为最多。1920年后，由于兵灾匪祸，这些小商号先后遭劫破产，镇中居民相继到他乡另谋生路，以商号为主体的镇就不存在了。1920年5月，东北混成旅35团步兵第2营到抚远换防，该部7连进驻乌苏镇，从此，该镇成为军事防守要地。新中国成立后，省、地、县在此建立了鲑鱼生产指挥部，使早已破败萧条的乌苏镇得以复苏。乌苏镇江域产鲑、白、红尾等76种鱼类，是闻名遐迩的大马哈鱼之乡。1965年后恢复乌苏镇名称。乌苏镇有中国大陆最东方的哨所，是祖国大陆最早见到日出的地方。夏季2时15分，太阳就从江面冉冉升出，守卫在这里的官兵每天把第一缕阳光迎进共和国，祖国从这里开始在静谧中走向新的一天。因此，哨所被称为“东方第一哨”。

说话间，车子开进了乌苏镇，这里已经没有其他居民，也没有镇长，是我国鲜有的一个“镇”，只有一个哨所，一位哨长，一些哨兵，在黑龙江和乌苏里江交汇处为祖国放哨站岗。这里东经135°5′，祖国东极，如果以上海为原点，则相当于在上海以东1 000多公里的太平洋上。我们登上了八层哨楼，正在值勤的士兵是来自安徽六安的马磊和钟浩。小马向我们介绍，哨所与乌苏里江对面的俄罗斯哈巴罗夫斯克地区隔江相望，东北面就是有名的黑瞎子岛，红色尖顶教堂已成为岛上中俄分界的标志，两

2008年8月在黑龙江抚远县乌苏镇“东方第一哨”与两位边防士兵合影

个月后，黑瞎子岛的一半将在被占近80年后回到祖国。

我们和小马、小钟拉起了家常，两人都说当兵一年多收获太大了，懂得了责任、懂得了荣誉、吃得了苦、受得了累。每天早晨，当五星红旗在自己手中升起在祖国最早的晨曦中时，那份自豪是其他人享受不到的。小马说，两年兵期满后，还想当士官：站岗要站过瘾。无意间，两人都说当兵前在上海打过工，小马的父母现在还在浦东开店。我们当即给两人拍了照，并答应小马，回上海后一定去看望他的父母，送上他在哨所站岗放哨的照片，小马高兴极了。

回上海后的一个周日，在与马磊父亲电话联系过后，我们两口子寻寻觅觅，果然在浦东曹路的一家集贸市场见到了马磊的双亲，他们承租了一方铺面，经营水产，正在忙忙碌碌。老马主要送货，妻子做洗、剖、包装和零售。夫妇俩看着照片上儿子的英姿，幸福感溢于言表，母亲分明眼含泪花，那双被水浸泡得发白近乎糜烂的手捧着照片微微颤抖着，这就是士兵的母亲。

又一个盛夏到来了。前几天，退伍兵马磊来到了我办公室，他说，按兵役法规定，他在去年底服役期满退役了。半年多来他和父母一起经营水产，还买了客货两用车，他与父母的愿望一样，准备成家立业。有两年军旅生涯的磨砺，有父母打下的物质基础，他相信自己会成功的。他说至今还在留恋军营生活，常常怀念起在“东方第一哨”度过的那700多个日日夜夜。

（选自《新民晚报》 2009年7月29日）

国魂和军魂

瑞金叶坪村，古树成林，一片绿荫，怎么看都是一个吉祥之地。78年前，中华苏维埃共和国临时中央政府在这里诞生，共和国的雏形在此形成。

我怀着虔诚，瞻仰了谢家祠堂——“全苏第一次代表大会”会场暨临时中央政府各部所在地，还有中央政府领导人办公和居住的民舍，以及庄严而简朴的红军阅兵场，思索着共和国何以从弱小的临时政府生长为如今的泱泱大国。

1931年9月，红军第三次反“围剿”胜利结束，召开第一次全国苏维埃代表大会、成立苏维埃临时中央政府终于被列上了重要议事日程。11月7日，“一苏大会”开幕。11月20日，大会闭幕。随即召开的中央执委会第一次会议选举毛泽东为中执委主席、中央人民委员会主席。作为“开国元首”的毛主席即席发表演说：同志们！今天中央执行委员会任命了中央人民委员部委员，也就是各部部长，会后大家就要走马上任，代表人民行使自己的权利。毛主席最后说：大会选举我为主席，我没有别的本事，但有一条，我保证将和同志们一道，认认真真地工作，真心实意地为工农兵大众谋利益。针对“一个祠堂装下了一个共和国政府”，毛主席说：我们的中央政府，恐怕也是世界上最精干的政府，室雅不在大，办公室有张办公桌就行，我们的办公室应该在田间地头，在军队战场，在实际工作中，那才是我们真正的办公室，在我们苏维埃政府里，只有人民公仆，只有革命工作者，容不得官僚主义。共和国主席在立国之初，就鲜明地阐述了我们国家的性质，彰显了共和国人民公仆的本质："代表人民行使自己的权利"，"真心实意地为工农兵大众谋利益"，"容不得官僚主义"。毛主席和中国共产党人说了，做了。这不就是人民共和国的国魂吗？世界上宣称代表人民执政的政党有无数，可真心实意地为人民大众谋利益的政党有几多？

我站立在三湾村的大枫树下，耳边响着纪念馆解说员的声音：1927 年 9 月 29 日，工农革命军艰苦转战到达江西永新三湾村，毛泽东对部队进行了著名的"三湾改编"，保证了党对军队的绝对领导，奠定了政治建军的基础。

抬头望着枝繁叶茂的参天大树，仿佛听见毛委员对部队进行改编的动员讲话。古枫见证了我军建设的重大转折，也是中国革命和人民军队由小到大、由弱变强的标志和象征。

秋收起义失利后，部队已不足千人，艰难困苦，悲观动摇，丧失信心，情绪急躁，工农革命军面临着严峻考验。起义部队军官大多从旧军队过来，军阀习气，打骂士兵，待遇不平，严重影响战斗力。加上战斗失利，士气大挫，军心涣散。紧要关头的毛泽东同志通过研究部队的政治思想状况，看到了问题的症结，采取了坚定的措施。在三湾村的"泰和祥"店铺，毛泽东主持召开了中共前委扩大会议，和工农革命军一军一师的负责人进行了反复的讨论，耐心细致地说服同志们将一个师缩编为一个团，在连队建党支部，连以上设士兵委员会。精简整编，建立各级党组织，实行军内民主。这些改编初步解决了以农民及旧军人为主要成分的革命军队如何建成无产阶级新型人民军队的问题，标志着毛泽东建军思想开始形成。"三湾改编"后，部队虽然只有两个营、七个连，但充满信心和希望，"一个人可当敌人十个，十个人可以当敌人一百"，以崭新的姿态投入到创建井冈山革命根据地的斗争中去。坚持党对军队的绝对领导，这一军魂从此永铸我军，使人民军队所向披靡，成为共和国的钢铁长城。毛泽东同志总结说：“红军之所以艰难奋战而不溃散，支部建在连上是一个重要原因。”

党对军队的绝对领导之所以成为军魂，是因为我军从“三湾改编”起，就完全以党的旗帜为旗帜，以党的宗旨为宗旨，“所有参加这个军队的人，都具有自觉的纪律，他们不是为着少数人的或狭隘集团的私利，而是为着广大人民群众的利益，为着全民族的利益，而结合，而战斗的。紧紧地和中国人民站在一起，全心全意地为中国人民服务，就是这个军队的唯一的宗旨。”

三湾村青山环抱，绿水流淌，青砖黑瓦白墙的房舍在群山中尤为清新。三湾村，我军的福地。

（选自《解放军报》 2009 年 8 月 6 日，《新民晚报》 2009 年 9 月 28 日）

政务篇

从政，用共产党的理论应是为人民服务，用大众语言可表述为积德行善。我以此为荣，并常作为人生的享受，且乐此不疲。

“光荣”与“奉献”

连日来，本市许多青年都接到了兵役部门发给的《入伍通知书》，穿上了新军装。上大红榜、戴光荣花，“一人参军、全家光荣”，已经成为时下的社会风尚。

在东方电视台节目现场

适龄青年参军之所以光荣，不仅在于他履行了宪法赋予公民“保卫祖国、抵抗侵略”的神圣职责，而且在于，军旅生涯是以奉献为天职的。为了保卫国家和人民的利益，远离故土亲人，放弃称心的工作和较高的经济收入，甘于“吃亏”，这是奉献；舍弃安逸的生活环境，在军营经受艰苦磨炼，乐于“吃苦”，这更是奉献。社会和人民对于子弟兵的赞誉和尊敬，是与军队和军人的奉献精神密切相关的。

“甘于吃亏”，这对应征青年及其家长来说，思想准备可能都比较充分。“乐于吃苦”，这对部分应征青年及其家长来说，思想准备可能还不足。我军是执行革命的政治任务的武装集团，军队的成员平时必须特别能吃苦耐劳，战时才能做到英勇顽强。军营中既有绚丽多彩的诗篇，也有摸爬滚打的艰辛。应征青年从穿上军装的这一天起，就要做好经受艰苦磨炼的思想准备。雷锋同志说得好：“不经风雨，长不成大树；不受百炼，难以成钢。迎着困难前进，这也是我们革命青年成长的必经之路。有理想有出息的青年人必定是乐于吃苦的人。”应征青年到部队后，要以苦为荣、以苦为乐，在艰苦的摔打中成长。亲友们在他们面临艰苦考验的时候，则要多送点鼓励，少一点“疼爱”，因为他们已经是一名革命军人了。

（1990年12月20日，上海电视台“晚间新闻（今晚谈）”节目中播出）

上海市首部兵役法规诞生记

公元 1987 年 9 月 25 日，上海展览中心三楼会堂。“上海市征兵工作会议”的会标下，上海市市长江泽民在主席台上作重要讲话，洪亮的声音响彻会场：“征兵工作无疑须要靠思想教育和政策办事，但还必须依据法律办事。依法服兵役是中华人民共和国宪法规定的，是‘中华人民共和国公民的光荣义务’……要讲清够了服役条件不服兵役，那就是违法，违法就要受到法律的约束。”

公元 1994 年 10 月 20 日，同一会堂。庄严的中华人民共和国国徽下，上海市第十届人民代表大会常务委员会第十三次会议在这里举行，会议的第一项议程：继续审议《上海市征兵工作条例(草案)》并付诸表决。表决结果：反对，零票；弃权，零票；赞成，49 票。上海市第一部兵役法规由此诞生，标志着本市的征兵工作开始从行政手段为主转变为法律手段为主。

现状　探索　靠得住

1. 1992 年冬，浦东，济南军区某接兵师在这里接兵。接兵干部的工作热情犹如浦东新区开发建设事业，然而，在几个乡镇，却遇到了意想不到的事：有位母亲看到前来家访的部队接兵干部，在大门前横摆一条板凳：别进屋了。有位父亲见解放军同志远远走来，干脆把门关了。

在黄浦区体检站看望应征青年

同一年同一时，浦西，青浦县征兵体检站。白鹤乡、香花乡的适龄青年体检结束登车，有几个青年在流泪，县武装部长见状询问，这几位青年说话时手都发抖了：最好不去当兵。

同一年 11 月，高楼林立的市中心静安区，五星级的希尔顿饭店某国经理联合区内、市内 14 家高星级宾馆的总经理，以“老板理事会”的名义，给区人武部长、区政府征兵办公室主任致函：请求免除三资宾馆、饭店的征兵任务。理由是：看不到有任何理由饭店应积极参与征兵工作，因为选择和培养职工的费用日益高涨。信件还报给了黄菊市长。

还是那年那月，在一家规模不大的国有企业，“权威”颇大的厂长指令属下，在厂黑板报上点名批评了劳资科长，指责其“私接征兵名额”，并且扣除了当事人奖金 300 元，成为绝无仅有的奇事！

1993 年 12 月，地处上海北端的杨浦区，区人民政府、人民武装部召开欢送新兵大会的前一天，一位接到“应征公民入伍通知书”、领了新兵服装的青年突然不知去向，区征兵办只得急忙换人。

接兵部队的师长、团长们发问：你们上海人怎么了？

2. 上海人怎么了？上海人不愿当兵。“征兵难”的现象已经出现多年。

早在1988年10月20日，市政府办公厅、上海警备区司令部在市政府征兵办举行了“新时期征兵工作研讨会”。区长、县长、武装部长，社会科学院的专家们各抒己见，从分析商品经济迅速发展的大环境入手，探讨了新时期搞好征兵工作的思路：(1) 商品经济条件下的征兵工作是一项社会性的工作，做好这项工作有赖于各职能部门和社会各界的共同努力。(2) 兵员征集的过程本身就是执法的过程，在商品经济条件下必须强化依法征兵。(3) 在征兵工作中要改进和加强宣传教育工作，部队也应采用适合新情况的管理教育方法。有识之士在研讨中特别呼吁尽快制定对拒绝履行兵役义务现象的惩处规定，以约束公民逃避兵役的行为。

这是本市首次就兵役工作开展的理论研讨会，大大开阔了人们的视野。研讨的成果很快形成了一个市政府关于征兵工作的规章文本。1989年2月28日，朱镕基市长批准签发了《上海市征兵工作惩处规定》，3月1日发布施行，从这年的春季征兵开始，有力地保证了全市征兵工作的顺利开展。朱镕基同志并在全市征兵工作会议上指出：主要领导要过问，分管领导要尽责，我是主要领导，我过问了。各区、县人民政府要把征兵工作列入重要议事日程。

3. 各级领导重视，社会各界支持，强化依法征兵，加强宣传教育，是新时期做好征兵工作的正确思路。但是，以行政手段为主，临时动员、运动式征集兵员的模式已经沿用多年，人们的工作习惯仍然如此。随着社会主义市场经济的发展，本市“征兵难”的矛盾仍然在扩大。怎么办？

邓小平建设有中国特色社会主义理论随着他视察南方谈话的发表，为我国各条战线工作的发展指明了方向。小平同志在纵论结合中国国情建立和发展社会主义市场经济时深刻指出：“还是要靠法制，搞法制靠得住些。”

一个以学习和运用邓小平建设有中国特色社会主义理论，搞好社会主义市场经济条件下的兵役工作为主题的研讨活动再次在本市展开。改革开放先行地区深圳、珠海、厦门……的同志们传经送宝来了，人民解放军军事科学院、国防部征兵办、南京军区征兵办的同志们关心指导来了。1993 年 6 月 25 日和 26 日，市政府办公厅、上海警备区司令部召开的“改革开放形势下的兵役工作研讨会”在本市举行。市领导给予了十分关注，中共上海市委常委、上海警备区司令员徐文义，上海警备区副司令员王金重、参谋长顾金生、后勤部长丁善华，市人大法制委员会副主任吴德让以及区县的领导和兵役工作者一起，以邓小平建设有中国特色社会主义理论为指导，研究社会主义市场经济条件下怎样开展兵役工作。

4. 被领导们专家们称之为主题突出、紧扣形势，思想解放、视野开阔，富有新意、针对性强的研讨活动，从理论和实践的结合上研究和分析了本市的兵役工作，提出了使本市征兵工作适应社会主义市场经济的方法和措施。

兵役工作面临的新情况有五个方面：一是和平时期人们的国防观念淡化，使“征兵难”的现象呈发展趋势。某区一次征兵体检搞“自我淘汰”的竟占 15%以上。二是人们的价值观念发生了变化，使参军的光荣感减弱。向钱看、怕吃苦、图安逸的思想比较普遍。某区曾在某所中学搞了个问卷调查，毕业后有志于卫国从戎的只占1%！三是人口老龄化现象和独生子女增多，使可征兵员逐年减少。这就一方面使兵员数量递减，质量也下降。某区一次体检，视力不合格的竟达41%。四是兵役法制不够健全，使“征兵难”的矛盾不能有效解决。某合资饭店的中方经理对我们说：政府的红头文件对外方人员制约力不大，所以他们才敢于联合起来写信要求“免除征兵任务”。五是义务兵优待政策滞后，使履行兵役义务的积极性不能得到充分调动。青浦县体检合格后急得手发抖的青年事出有因：他们在生产桑塔纳轿车的大众汽车厂做季节工，年收入一万八，三四年兵一当，一幢房子没了，娶媳妇也困难。

要摆脱“征兵难”的困境，必须针对以上五个方面的原因对症下药，有“靠得住”的解决方法。

5. 小平同志要上海交出精神文明和物质文明建设的两份答卷。党的十四大作出了以上海浦东开发开放为龙头，把上海建成国际经济、金融、贸易中心之一的重大决策。率先建立社会主义市场经济，已经成为上海的主旋律。

市场经济是法制经济。各项工作要与建立社会主义市场经济这个主旋律合拍，也必须“搞法制”，搞法制才靠得住！兵役工作也毫无例外，这是全市兵役工作者学习运用邓小平建设有中国特色社会主义理论研究征兵工作后取得的共识。

6. 锦江小礼堂。入口处的铜牌上镌刻着历史：1959年，毛泽东主席在此主持中国共产党八届七中全会；1972年，周恩来总理与尼克松总统曾在这里签署了中美联合公报。1994年5月30日，礼堂主席台的天鹅绒帷幕上醒目地写着会标：上海市纪念现行《兵役法》颁布10周年座谈会。市人民政府、上海警备区在这里举行这个大型座谈会的目的是，回顾总结10年来全市执行兵役法的情况和经验，研究部署市场经济条件下如何开展兵役工作。上海警备区徐司令员总结了10年来的兵役工作。中共上海市委常委、宣传部部长金炳华代表市委、市政府向全市各级党委、政府的领导和全市兵役工作者提出了要求：继续学习、宣传、执行好《兵役法》，抓紧制定本市的兵役法规，把全市的兵役工作纳入法制化轨道，适应社会主义市场经济的新形势。

教育　优待　立罚则

7. 我国的《兵役法》是一部中国特色社会主义的兵役法律，是我们开展兵役工作的依据。它确定了我国的兵役制度，规定了我国公民的兵役义务和权利，规范了各级兵役机关的工作职责。颁行10年来，有力地保障了兵役工作的顺利进行和健康发展。我国地域广大，东西南北各种差异很大，作为全国的兵役法律，有的只能作原则规定。制定的当时，是以社会主义计划经济为主的年代。面对变化了的政治经济形势，国务院办公厅、中央军委办公厅早在1988年的国办发〔1988〕15号文件中就要求：各省、自治区、直辖市要根据《中华人民共和国兵役法》和《征兵工作条例》的有关规定，结合当地实际情况，制定完善征兵工作的地方性法规和实施办法，做到有法可依，有章可循。

工作实践和各级领导机关都在呼唤着本市的兵役法规。

8. 1994年2月17日，征兵法规起草小组正式成立，上海警备区副参谋长、市政府征兵办公室主任黄明星担任组长，市人大法制委办公室主任黄钰、市政府法制办社会法规处副处长江子浩和笔者担任副组长。起草小组的第一次会议首先通过了起草工作计划：6月报市政府审批，7月提交市人大审议，争取10月通过，当年征兵施行。尔后，讨论由市征兵办经过1993年一年的调查研究草拟出来的征兵法规《上海市征兵工作条例》(以下简称《条例》)初稿,这已经是第五稿了。

9. 1994年2月5日和4月8日,市政府法制办和市人大法制委先后召开了全市立法工作业务会,征兵工作条例的立法指导思想和计划得到了赞许。针对市征兵办提出的“制定有相应水平、便于操作、在依法征兵方面率先”的立法指导思想。市政府法制办主任谢天放赞同地指出:各部门起草法规,不仅要考虑本行业的特点,而且应该也可以考虑吸取国内外的一些成功经验与做法。

1994年4月20日,市人大常委会把制定征兵法规列入了年度立法计划。

10. 起草小组又一次通稿。在这之前,市征兵办已经在全市各个不同类型的国家机关、社会团体、企业、事业单位以及群众性自治组织召开了近百个座谈会。起草小组讨论的重点是《条例》怎么适应市场经济的新形势,率先的尺度放到哪儿?

教育、优待和处罚三管齐下,这是本市多年来征兵工作的成功做法,也是起草小组收集的18个国家和地区以及兄弟省市兵役法律、法规和规章中体现出来的普遍做法。

怎么教育?如何优待?怎样处罚?

11. 我国《宪法》规定:保卫祖国、抵抗侵略是中华人民共和国每一个公民的神圣职责,依照法律服兵役是我国公民的光荣义务。

毫无疑问,履行兵役义务是我国公民最直接的爱国主义行为,具有国防观念的公民必然自觉履行兵役义务。兵役义务又是国家用法律形式赋予公民的。为此,应当用法规的形式规定:征兵宣传教育要纳入本市爱国主义教育、国防教育和法制宣传教育规划;报刊、广播、电视等宣传部门应当加强依法服兵役和参军光荣为内容的宣传教育；乡、镇、街道以及其他单位应当向公民进行爱国主义、革命英雄主义和依法服兵役的教育，在征兵工作期间应当依法悬挂、张贴有关征兵工作的宣传品；各类中等以上学校应当将兵役法制教育纳入德育教育大纲并设置课时。

作这样的规定并付诸实施，就会有一个良好的征兵工作氛围，就会使兵役法规人人皆知，就会使适龄公民从中学起就树立兵役法制观念、自觉弘扬爱国主义精神。民族气节和爱国主义精神是公民和国家最可宝贵的。

12. 我们要求参军青年为祖国、为人民作奉献。热血青年以爱国奉献为荣，这是我们民族的传统美德，也是我军作为人民子弟兵的性质和宗旨。参军光荣之所在，就是军人的无私奉献，就在于军人为国家的安危和人民的利益舍得挥洒热血甚至抛却生命。

我们的国家、社会和群众对军人的奉献给予充分的理解、关怀和敬重。国家的《兵役法》是这样规定的：现役军人、革命残废军人……现役军人家属应当受到社会的尊重，受到国家和人民群众的优待。

对子弟兵及其家属尊重和优待，是我们党、国家和人民历来的做法。

上海人民拥军优属的热情从 1949 年 5 月人民解放军进城那一天开始就经久不衰。近 10 年来，对子弟兵及其家属的优待政策更是一项接着一项：

1985 年，市政府批转了市征兵办、市民政局、市劳动局等部门制定的按城镇职工平均工资和本单位奖金 50％的标准发给城镇入伍的义务兵优待金的规定。

1986 年，市政府批转了市征兵办、市民政局、市劳动局等部门制定的对城镇高初中毕业生和待业青年参军时实行“入伍通知书”和“分配工作单位通知书”两张通知书一起发的规定，实行了对参军青年就业优先。

1993年，市政府又批转了市征兵办等五部门制定的《上海市义务兵及其家属优待金征收使用管理暂行办法》，优待金提高到年人均1 200元，并且实行了全市城乡均衡负担。

在现代社会中，社会给予人们的待遇可以成为人们社会价值的标志。

13. 开发浦东、振兴上海成为上海近代史上百年一遇的机遇。经济在发展，上海人的生活水平在年年提高。统计资料显示，1993年，全市城镇职工平均工资性收入达5 600元。

政府、社会、群众在关心着对义务兵及其家属怎么优待。

地处虹口区的乾通汽车配件公司，这是一家合资企业。产值在亿元以上，职工人均收入逐年提高。一个职工参军后，年收入要减少2 000元。企业的经理们说，不能让光荣参军的青工太吃亏了。从1992年开始，他们发给义务兵及其家属的优待金逐年递增400元。

中瑞合资的迅达电梯厂，它的产品“迅达电梯”遍布全国各地和世界许多国家。闸北区的书记、区长陪市人大常委会孙贵璋副主任和警备区江执中副政委视察兵役工作。中外方经理有一句共同语言：送青工参军是一种人才投资，更是法人单位的义务，既划得来，又应该做。1992年开始，他们对本厂参军青年的优待金已经提高到4 090元，1993年达5 790元，1994年达9 400元。

闵行区虹桥乡，在其他地区出现“征兵难”现象后，虹桥乡却一直是“参军热”。一样的大环境，一样都搞国防教育，但虹桥却与其他地方不一样。原因是：他们把退伍军人作为乡、村和企业干部的主要来源，退伍兵清一色成为乡镇建设的骨干。还有一个重要原因，从 1992 年起，全乡劳均收入的标准就是义务兵及其家属优待金的标准。他们认为这是顺理成章的事。1992 年全乡劳均收入即义务兵及其家属优待金达 5 390 元，1993 年达 6 019 元，1994 年达 7 085 元。征兵、优待、安置已经形成了良性循环。

但有人却说：这是“拿钱买兵”。

1992 年，市征兵办曾会同市有关部门的同志去广东省改革开放先行地区取经。在珠海，对义务兵及其家属的优待金发放与我们虹桥乡一样，是“全额优待”。有的同志有疑虑，是不是“拿钱买兵”？珠海市市长梁广大有一句名言：青年参军是我们政府和人民选派去的，是去履行神圣职责和光荣义务，他们在家时就有的待遇参军后继续给他们，这是理所当然的，这决不是“拿钱买兵”！说得掷地有声。

14. 社会生活水平提高了，对义务兵及其家属的优待金要不要提高，提高到多少？

1994 年的那次改革开放形势下的兵役工作研讨活动，已经从理论上作出了解答，并为许多干部和群众所接受：我国实行的是选征兵役制，拿上海来说，100 个适龄公民中，只有 1 个人参军。在社会主义市场经济条件下和相对和平时期，公民参军是一种社会分工。因此，公民在职时就有的经济待遇，在其参军后继续给他，是合情合理的。政府、社会和群众通过优待工作使义务兵及其家属的家庭生活水平与社会生活水平的提高相适应，有什么可非议的呢？

基于上述认识，起草小组在《条例》草稿中写上：城镇入伍的义务兵及其家属优待金的平均标准，为上一年本市职工年均工资性收入；农村入伍的义务兵及其家属优待金的平均标准，为上一年义务兵所在的乡、镇或者区、县劳动力年均收入；义务兵原所在单位职工工资性收入高于优待金标准的，原所在单位可以给予补贴。

15. 一个国家，一个民族，一个地区的道德风尚和公民行为，正面倡导固然是十分必要的，但仅有这点还不全，还要带有强制的反面制约，在引导的基础上需要对人们的言论行为进行规范。法律责任就由此提出，法律、法规和规章都有此规定。法律规范是现代文明的产物。

1989年制定的《上海市征兵工作惩处规定》，是对本市公民兵役行为的一种规范和约束。《条例》起草小组以此为基础，扩大了制约范围，加强了惩处力度：对违反兵役法律法规规定的公民，限制其主要就业门路和谋生手段；经济处罚的数额连富裕的老板也会心痛；为了建立制约机制，设定全市实行公民兵役证制度，适龄公民就业、就学、申请出境和办理工商营业执照和其他专业证书必须出示《上海市公民兵役证》；对单位法人也设定了相应的处罚条款。同时设定，公民或者单位法人如不服兵役机关的处罚，可以向上一级的兵役执法主体申请行政复议，不服行政复议决定的可向人民法院起诉，人民法院依法判决，不履行的可强制执行。一个兵役工作的法律机制随即形成。

16. 作为建设有中国特色社会主义理论与本市兵役工作实践相结合的产物，依法教育、依法优待、依法惩处，这些规定和做法，有理论依据，有实践经验，全市公民容易接受，公安、卫生、民政、劳动、财政、工商、外资、教委、农委，相关部门都表示理解和支持，但是，问题的影响面毕竟比较大。

17. 1994年6月3日上午，中共上海市委6号会议室。《条例》起草工作的汇报会正在这里举行。起草小组向市委王力平副书记、市人大常委会顾念祖副主任、上海警备区王金重副司令员汇报请示起草工作中的重大问题。起草情况汇报了一个多小时，领导们时而插话，时而纠正，时而补充，充分评价起草小组的工作，肯定了起草工作的思路，并高屋建瓴地给予了指示。力平同志最后说：稿子总体上写得不错，但文字还要再斟酌。部队的学习、训练和组织纪律比较严格，几十年来我们干部的主要来源来自部队，他们是非常宝贵的人才资源。

力平同志说：从长远来讲要搞一点基金。独生子女多了，参军后如有病残或牺牲，老年丧子对父母的打击很大。要保留比社会生活水平稍高一点的优抚，不要仅靠逢年过节搞一次慰问。当兵总归要准备牺牲，风险大。社会性的责任不要虚化，牺牲以后怎么保障，回来以后怎么保障，都要考虑。《条例》要有发展性的内容，发兵役证要终生管用，与以后就业使用衔接起来，主要体现征兵工作，但要与整个国防后备力量建设衔接。

18. 市委领导的赞许和指点使起草小组的同志们备受鼓舞，起草工作起点更高了，方向更明了。草案中原有的设定更趋科学，并增加了逐步建立和完善义务兵风险基金等内容。

兵役义务是有风险的，建立义务兵风险基金，政府、社会、群众一起来为履行兵役义务的公民担当风险，这是我们这个人民政府的性质和社会主义制度的优越性所决定的。

兵役义务是神圣的，拒服兵役的惩处也应该是严厉的。

随即，《条例》草案形成了第八稿。

19. 1994 年 8 月 4 日，黄菊市长签发了市政府征兵办公室上报的《上海市征兵工作条例》草案及其起草说明，在这以前，徐匡迪、孟建柱两位副市长也进行了审签。《条例》草案作为市人民政府的正式文件提请市人大常委会审议。

1994 年 8 月 22 日，市十届人大常委会第十二次会议召开，审议《上海市征兵工作条例(草案)》是主要议题之一。上海警备区副司令员王金重受市人民政府委托在会上作了说明。大会进行了分组审议讨论。委员们参政、议政和立法的高水平都体现在认真的讨论发言中，四个小组共提出了 85 条修改意见。

起草小组根据人大常委会委员的意见修改出第九稿，法理、条理性更强了。

20. 1994 年 9 月 24 日，市人大常委会法制委员会召开《上海市征兵工作条例（草案）》论证会，20 多位人大常委会委员围绕《条例》草案、就 29 个问题的科学性、实践性进行了认真的论证。上海警备区政委王传友到会与常委会委员共同探讨这部人民解放军总部和南京军区都关注的地方兵役法规的制定问题，他衷心感谢各位对国防建设和军队建设的关心和支持。

与此同时，《条例》草案寄呈国防部征兵办公室和南京军区征兵办公室，听取上级机关的指正。

21. 1994 年 10 月 18 日，上海市十届人大常委会第十三次会议举行，市人大常委会法制委员会委员朱晓初，这位为本市征兵立法忙碌了两年的警备区原政委，代表市人大法制委员会作了《条例》草案的修改说明，委员们又进行了审议和讨论。

次日晚，市人大常委会举行主任会议，决定将《条例》草案提交本次大会表决。

起草小组连夜根据主任会议的决定改出第十稿。

10 月 20 日上午 9 时，朱晓初委员再次就《条例》的修改问题向大会作了说明。接着大会进行表决。当表决器的电子显示牌上亮出全票通过的结果时，时针指向 10 时 30 分。主持会议的市人大常委会副主任孙贵璋宣布：《上海市征兵工作条例》经本次会议审议通过！他接着说：征兵工作很重要，但确实比较难，大家要继续多了解、多支持、多配合。休会时，他嘱咐笔者：你们要多宣传。

规范　自觉　成机制

22. 一个学习、宣传、执行《条例》的热潮在全市掀起。

10月21日,《条例》通过的第二天,中共上海市委宣传部、上海警备区政治部和市政府征兵办公室联合召开新闻发布会。上海六报四台的"老总们""老记们"都来了。警备区副司令员王金重、市委宣传部副部长尹继佐等领导同志部署了结合冬季征兵学习、宣传、执行《条例》的工作,并向新闻单位和各区县宣传部门、兵役部门提出了要求。

10月22日,市人民政府、上海警备区召开了1994年征兵工作会议,警备区王传友政委向全市兵役部门和全体兵役工作者提出了按《条例》规定实施征兵工作的要求。市委副书记王力平代表市委、市政府到会讲话指出:《条例》为上海搞好征兵工作提供了地方性的法律依据,它根据国家《兵役法》的原则,结合上海实际,既提出了约束社会行为的准则,也提出了倡导和鼓励的措施。他要求全市各级党政领导、各单位和兵役部门认真执行这个条例,各级兵役机关和征兵工作人员要坚持依法征兵,各部门、各单位和全市公民都要依法履行兵役义务,使上海的兵役工作走上法制化的轨道,成为我们社会正常生活的组成部分。他提出:共产党员、各级干部都要带头关心、支持征兵工作,各级纪检、监察部门要介入这项工作,对违反法纪的,一定要严肃追究,依法惩处。

23. 接着,上海市副市长孟建柱发表了征兵广播电视讲话,号召应征公民及其家长和法人代表们学习征兵法规、自觉执行《条例》。随即,各报、电台、电视台都刊登学习和宣传《条例》的报道。上海市委机关报《解放日报》1994年10月25日发表了社论《依法做好征兵工作》。20个区县都采取各种形式广泛宣传《条例》，许多区、县的党政会议都组织领导干部学习《条例》，兼任浦东新区管委会主任的副市长赵启正同志，在新区党工委会议上要求各级党政领导首先要学好用好《条例》。黄浦区委宣传部、征兵办在外滩举行了宣传《条例》的广场音乐会，并运用南京路的霓虹灯广告牌宣传《条例》，被许多外地来沪的人们称之为"黄金地段产生了黄金效益"。区县领导亲自上街设咨询宣传站，召开宣讲座谈会宣传宣讲《条例》。《条例》精神得到了广泛传播，公民爱国主义思想和兵役法制观念大为增强。

24. 1994年冬季征兵工作按国务院、中央军委提出的制度化、规范化、科学化的要求，依据《条例》的规定开展。

各区县兵役机关对全市24万名男性适龄公民进行了兵役登记，并对适龄公民发放了《上海市公民兵役证》。市征兵办公室对这项兵役基础工作的要求是"一个不漏、准确无误"。全市第一次进行了完全的兵役登记，经登记的应征公民数很可观，从而为保质保量完成国务院、中央军委赋予的征兵任务打下了良好的基础。

兵役机关会同卫生、公安部门实施的体格检查和政治审查工作规范有序、严格缜密地进行。卫生和公安部门选调一流的体检医生和政审人员参加征兵工作，这两项征兵的主要工作使接兵部队的同志十分满意和放心，许多接兵单位甚至提出他们不必参加这两项工作，把主要时间精力用在家庭走访上。

定兵工作更为规范，全市的分管区长、县长都参加定兵会，亲自拍板定下优质兵员，承担输送合格兵员的法律责任。

25. 由于《条例》规范了征兵工作的程序、确定了与社会生活水平相适应的义务兵及其家属优待金标准，并规定了公民、法人和其他社会组织的兵役法律责任，教育、优待、惩处三项并举，使得青年、家长、单位三方守法，全市征兵工作出现了近10年来没有过的喜人景象：2万人参加体检，1万人合格，合格率是前所未有的。这为圆满完成国务院、中央军委赋予的征兵任务，确保兵员质量提供了充分的保证。

26. 长宁区征兵办召集20家涉外企业负责人会议，一改过去到会者零零星星的状况，有个企业负责人因特殊原因请假，事后还专程补课。静安区曾经写信要求免除征兵任务的五星级宾馆的态度更为之一变。美方独资的波特曼酒店从未出过兵，《条例》在报上登出后，酒店总经理迅速要人事部将其译成英文本，发全店部门经理，并派员参加区征兵工作会议接受任务，挑选了21名预征对象送站体检；希尔顿新加坡籍的人事部林经理，以自己在新加坡参军受训的体会，称赞上海的征兵《条例》制定得好；黄浦区海仑宾馆的瑞士籍经理卢赋先生亲自给员工作征兵动员："每个青年都要爱国，许多国家的公民对待兵役只有两条路，要么去服兵役，要么蹲监狱，大家和我都要遵守贵国的征兵法规。"他还作出决定，把上一年入伍员工的优待金额提高到《条例》规定的标准予以补发。全市的国有、集体企业、个体工商户履行兵役义务的自觉性更高，以往曾出现过的隐瞒适龄青年数等现象没有了。

27. 曾经把接兵干部拒之门外的浦东一些乡镇，几乎天天有家长亲自送子女上体检站体检。闸北区铁路一村适龄青年张国栋是一家娱乐总汇的厨师，月收入1 200元，在兵役义务面前，他毅然放弃了与单位续签合同的机会和优厚待遇，上站体检积极应征。许多家长都认为，青年参军后优待金额等于上一年职工的年收入，待遇是很高的，加上在租赁公房、分配住房、拆迁配房和优先就业等方面的优待，没有理由不支持子女参军。如果阻挠，子女要受到惩处、家长也要被追究法律责任。

在现代社会，人们的经济地位是重要的。许多青年和家长都认为，经济上的优待进一步提高了参军青年及家庭的社会地位，体现了参军确实光荣。全市出现了多年未有的青年争相应征、父母积极送子女参军的事例。长宁区应征青年王晓刚的母亲，千里迢迢从山西乘飞机赶来上海送儿子上站体检。

28. 1994 年 12 月 20 日晨，铁路上海站一号站台，市人民政府、上海警备区在这里举行 1994 年冬季征兵首批新兵起运欢送仪式。市委、市人大、市政府、上海警备区和市有关部门、区县领导、部分家长代表在这里代表上海 1 300 万人民欢送自己的优秀儿女光荣参军。

列车在鼓乐声和人们的嘱托声中驶离了站台。

笔者见许多家长眼噙泪水。

我与几位家长聊了起来。他们中有 3 位是独生子女的父亲或母亲。上海的独生子女已近一半，本世纪末将达 90%以上。

一位母亲说：我的心跟着火车走了。

又一位妈妈说：不去是不行的，也许去部队几年会更有出息。

一位父亲说：小青年就应该去部队吃吃苦。

还有一位父亲和一位母亲说的是一个意思：但愿他们 3 年后太太平平回家。

这是本市家长们的自然心态。

29. 是夜，离 21 日还有一刻钟，7 号站台。新兵都登车了。一对恋人在车窗内外作离别前的叮嘱。笔者在车厢内告别青年和接兵干部，请这位对女友恋恋不舍的小伙子谈谈感受。他说：兵役义务是依法履行的，不能凭个人意愿和感情取舍，因为法律具有严肃性、约束性。《条例》规定参军后的优待和退伍后的安置比较优厚，不参军追究法律责任也很严厉，我无论如何也应该自觉应征。同车的小伙子们报以热烈的掌声。

列车开走了。那位姑娘在站台伫立良久，我们请她一块出站，她告诉说：他们俩同是中专的同学，毕业不久刚就业，正是享受人生最好时光的季节。他走了，为国家服兵役去了，三年不能相聚，从个人讲是出于无奈，从人生讲也可能是一次机遇。他可能因从军更成熟，更令人放心。

显然，无论是青年们还是家长们，履行兵役义务需要法律的启迪、规范、约束。

这就是法律的力量。

30. 年轮转到了 1995 年。3 月，市政府征兵办公室组织两个走访组，去部队走访并看望上海籍新兵，无论是在陆海空军部队，还是在武警部队，所到之处，都高兴地听到部队对上海籍战士和本市征兵工作的好评。有关部队一致认为，上海征兵立法后，新兵整体素质比以往更好：一是具备法制观念，服役态度端正，思想比较稳定。二是文化质量好，接受能力强，文凭“货真价实”。三是具有自律意识，自觉遵守纪律。四是关心集体，是活跃军营生活的骨干。南空某训练团的领导称赞说，该团来自各地的 800 多名新兵中，只有上海兵“三无”：无身体原因退兵，无文化考核淘汰，无服役态度不端正擅自离队。武警浙江总队某支队新兵团领导对走访组说：在市场经济条件下，征兵和带兵难度都比较大，上海市依法征集兵员不仅较好地解决了“征兵难”的矛盾，还给部队解决带兵难的问题提供了有利条件。上海征兵一手抓优待，一手抓法制，避免了单纯用经济手段调动公民参军积极性所产生的副作用，使新兵把依法服兵役是神圣职责放在第一位，端正了入伍动机。

上半年，市征兵办组织检查组，对全市各区县及其部分基层单位进行了兵役证发放情况的检查。检查结果表明，各级党政领导，包括单位法人代表，对适龄公民发放兵役证都很重视。全市首次发证率达80%。从今年开始，本市适龄公民就业、就学、申请出境和办理工商营业执照以及其他专业证件，都必须出示兵役证，有关部门或单位必须予以查验，无证或证上无兵役登记记载的，有关部门或单位均不得受理，否则将追究单位法人代表或直接责任人的法律责任。

31. 8月，经市政府同意，市征兵办、市劳动局、市教委、市公安局、市工商局根据《条例》制发了《关于在适龄公民就业、就学、申请出境和办理工商营业执照或者其他专业证件时查验〈上海市公民兵役证〉的暂行规定》，在全市实行了兵役证查验制度。这就使全市适龄公民都纳入了兵役机关的工作视野。兵役义务对公民来说是神圣的，自觉履行无比光荣，想拒绝或者逃避却被有效制约。

32. 12月，市政府转发了市征兵办、市民政局、市财政局、市劳动局、市农委根据《条例》制定的《上海市义务兵及其家属优待金筹集发放管理办法》。从1995年起，全市在役义务兵城镇入伍的能得到相当于上一年全市职工年均全部工资性收入，农村入伍的能得到相当于上一年本乡镇劳均收入的全部。获得部队荣誉称号和立功受奖的，还要发给奖励金。全市还将建立义务兵风险基金，为遭受风险的义务兵及其家属"雪中送炭"。

但义务兵在服役期间被部队除名，开除军籍或者被判刑、劳动教养的，即取消优待金。

33. 有一组统计数字：去年《条例》发布施行以来，全市至今无一人因违反《条例》受处罚，去年征兵时无一人拒绝履行兵役义务，这是多年来没有出现过的现象。

依法征兵的机制正在本市形成。依法履行兵役义务的大环境正在本市形成。

履行兵役义务终将成为公民的自觉习惯，依法征兵成为社会正常生活的一个组成部分已为时不远。这将是本市各级兵役机关乃至全市公民在上海两个文明建设中书写的又一份答卷。

在铁路上海站广场和组织征兵宣传的专武干部交流工作

（本文作于1995年5月，先后发表在《上海国防》杂志1995年第5期、解放军军事科学院《国防》杂志1996年第1期、《中国军法》杂志1996年第1期，1999年1月修订编入《中国当代国防文库》，2002年获世界华人交流协会、世界文化艺术研究中心“国际优秀管理研究论文”奖，2002年编入《科学中国人十年优秀论文选》，2004年获世界华人文化研究中心“国际优秀创新学术成果”金奖，2005年编入《中国改革与发展战略经典文库》《中国现代理论创新与实践优秀论文精选》）

依法规范征兵工作的全过程

党的十五大提出了“依法治国，建设社会主义法治国家”的伟大历史任务。我国宪法明确规定：“中华人民共和国实行依法治国。”九届人大三次会议通过的政府工作报告要求：“严格按照法定的权限和程序履行职责，建立健全工作责任制。”依法办事是时代的需要、党和人民的要求。征兵工作是政治任务、执法行为和社会性工作，依法规范地开展工作，无疑是落实依法治国基本方略的组成部分。遵照总部的要求，经警备区领导同意举行的我们这一次全市兵役工作业务集训，其主要内容就是传达和贯彻全国征兵工作业务集训精神，进一步依法规范本市的征兵工作。今天我和大家一起交流看法和研究探讨的主题就是：依法规范征兵工作的全过程。我准备讲3个方面的问题：一、正确认识估价本市的征兵工作；二、依法规范征兵工作的全部程序；三、主动适应征兵工作面临的新形势。不当之处请各位领导和同志们指正。

一、正确认识估价本市的征兵工作

对本市当前的征兵工作有一个清醒的认识，是十分重要的。我们只有一分为二地认识自己的工作，才能总结经验使工作进一步发展，同时看到存在的问题努力加以解决。

1. 取得的主要成绩及其原因

近些年来，在上级机关的关心指导下，在市委、市政府、警备区的正确领导下，在各区县党委、政府及其兵役机关的努力工作下，在市、区县有关部门的大力支持下，本市的征兵工作有了长足的进步与发展。

一是征兵宣传教育工作成效明显。首先是宣传教育主题明确。征兵宣传教育紧紧围绕爱国主义、革命英雄主义、兵役法制和端正公民入伍动机四个教育展开，具有很强的针对性、现实性和指导性。对本市公民尤其是适龄公民及其家长报效祖国、献身国防、经受考验、自觉履行兵役义务起到了极大的鼓舞和推动作用，一人参军、全家光荣在全市蔚成风气。其次是宣传教育形式多样。每年兵役登记开始的第一周为兵役法规宣传周，各区县都设立宣传咨询站，在全市范围内为公民、法人和其他组织提供咨询、开展宣传。征兵开始前，市政府、警备区领导都要作广播电视讲话和答记者问，亲自进行征兵工作宣传。征兵期间，广播、电视、报纸都设置专题专栏，保持较大规模的宣传报道。还

和东方广播电台播音员做直播节目

有举办参军光荣文艺晚会、创作演出大型喜剧、拍摄电视专题片等，使征兵工作人人皆知，好人好事家喻户晓，依法征兵的舆论环境不断优化。面对面的思想教育工作也富有成效，报告会、座谈会、欢送会，集体讲、个别谈，使宣传教育取得了良好的效果。再次是宣传教育起点高。近些年的征兵宣传教育，我们始终把“依法履行兵役义务、弘扬爱国主义精神”作为征兵宣传教育的立足点和出发点，通过宣传本市青年参军报国、爱国奉献，展示上海人民的高尚情操，从而把征兵工作纳入本市两个文明建设中去，不仅对两个文明建设是一个推动，而且使征兵工作在社会上的影响比较大，征兵部门的工作权威进一步增加，从而推动了征兵工作更加顺利地开展。如我们对征集驻港兵和进藏兵的宣传，效果十分明显。

二是征兵工作责任制比较健全。在去年全市征兵工作会议上，警备区王文惠司令员对本市近年来实行征兵工作和保证兵员质量的5项责任制进行了系统的概括。这就是：实行区县党政主要领导征兵工作和保证兵员质量的责任制，实行区县人武部部长政委责任制，实行出兵单位党政主要负责人责任制，实行基层人武部部长责任制，实行体检政审人员兵员质量的责任制。多年来，正是建立和健全了层层责任制，才使全市形成了各级领导高度重视、兵役机关努力尽责、有关部门大力支持的良好征兵工作局面。征兵工作开展顺利，兵员质量年年提高，工作责任制得到落实是最重要最直接的原因。比如全市所征兵员的文化程度，1994年高中以上的只有36％，1995年为45％，1996年达51％，1997年上升到62％，1998年高达72％，1999年继续提高至75.8％，这样的高比例，在全国是绝无仅有的。特别是去冬征兵，全市所征新兵无一例退兵，创造了本市历史上从未有过的好成绩，总部、军区、市领导和警备区领导都很满意。

三是兵员征集的程序趋于规范。这些年来，各区县都逐步形成了比较规范的6个征兵工作程序，这就是：认真搞好兵役登记，切实搞好基层推荐，严格组织体格检查，严密实施政治审查，依法开展审批定兵，适时予以张榜公布。这6个征兵的主要工作程序，已经成为各单位的习惯做法和科学模式，保证了全市征兵工作有条不紊地健康发展。每年来上海接兵的部队同志，都对本市征兵工作的规范有序留下了深刻的印象。6个工作程序的规范，对全市征兵工作的开展和征集兵员的质量是一项制度上的保证，它在区县人武部收归军队建制后工作人员流动较快的情况下，为保持征兵工作的连续性创造了有利条件。同时，也使征兵工作的组织实施形式与其他行业的工作形式也趋于一致，使征兵工作在方式方法上适应上海依法治市的新形势。

四是依法征兵的机制初步形成。自1994年本市的兵役法规《上海市征兵工作条例》制定施行以来，连续6年的兵役执法检查及其结果表明，全市依法征兵的工作机制已经初步形成。1995年，市征兵办与市劳动、教委、公安、工商部门依法联合制定了关于在适龄公民就业、就学、申请出境和办理工商营业执照时查验《上海市公民兵役证》的暂行规定，从此以后至今，本市的征兵工作实行兵役证制度这一规定得到了较好的落实。基层单位自查、区县普查和市组织抽查，已经成为全市兵役执法检查的基本做法。劳动部门规定了用人单位招工查验兵役证，教委规定了招生部门接受报名查验兵役证，公安部门规定了办理出境手续查验兵役证，工商部门规定了办理工商营业执照查验兵役证。对公民、法人和其他组织的兵役行为，全市已基本上形成了一个比较严密的制约机制。自觉用法律规范自己的兵役行为已开始成了人们的自觉行为，这就是多年来，全市绝少有逃避兵役的公民、没有阻碍征兵工作开展的单位的主要原因。市人大和政府法制部门对兵役法规在全市的落实情况多次予以肯定，称赞兵役执法是最好的行政执法之一。

另外，本市的义务兵及其家属优待政策落实情况良好。市征兵办会同有关部门依法制定的优待金筹集发放管理办法实行正常；民政、劳动部门对退伍兵的安置也做了大量工作。这些都为全市征兵工作的顺利开展创造了有利条件。

以上成绩的取得，其主要原因是众所周知的。这就是领导的重视、法律的保证、优待政策的保障、加上兵役部门和其他职能部门的努力尽责。

2. 存在的主要问题及其原因

我们在充分认识所做工作成绩的同时，还必须冷静地正视工作中存在的问题，虽然许多问题是非主流的、局部或个别的，但如果我们掉以轻心、麻木不仁，难免有一天会成为主要矛盾，甚至会酿出事来，那时，无论是对工作还是对单位对个人，都会追悔莫及。从近些年暴露出来的问题看，主要有三个方面的问题：

一是公民、法人和其他组织的国防意识和兵役法制意识有待于进一步增强。这些年我们都明显感到，青年参军的积极性中，受利益驱动的因素比较多，也就是有相当一部分青年及其家长，参军是为了谋个就业门路，同时又有一份较高的优待金，其入伍动机不那么端正。于是，一到部队，有的新兵就经受不住艰苦的训练和生活的考验，思想波动很大，个别的还从想家发展到“跑兵”，这种现象几乎年年都有。说明我们的国防教育、兵役法制教育、思想政治教育离工作的要求还有差距。

二是兵役机关及其工作人员依法征兵的水平需要努力提高。有的同志对依法规范开展征兵工作认识还不足，致使平时准备工作不落实，工作缺乏主动权，体检合格率不高，择优定兵的余数很少，从而影响兵员质量。有的单位征接协调不力，征接关系紧张，既影响团结，又影响工作。有的工作随意性大，不按制度化、规范化原则操作，造成工作失误和不良的社会影响。还有的工作总是停留在一个层次和一个水平上，对征兵工作面临的新情况、新问题缺乏调查研究，拿不出应对方法。

三是保证兵员质量的措施有待进一步完善。首先是对应征青年的现实表现和入伍动机调查掌握上有漏洞，前几年的政治原因退兵主要是这一原因所造成。其次是各种各样的“关系兵”干扰大，对征兵中的不正之风应对措施不力，弄虚作假的事时有发生。如去年有的单位出现了造假的文化程度证明，被群众举报后查纠。再次是体检政审工作仍然存在着个别的工作失误。对确保兵员质量，我们的工作面临着比较严峻的挑战。去年某单位征集的一个“关系兵”，去外地部队不想干，家长想办法将其调回上海部队，又不好好干，部队无奈只有将其除名，这就既影响了部队建设，又影响了上海的声誉。

对于存在的问题，从我们编发《参阅材料》的人民来信中，有一些客观、形象的反映。每年征兵，都有一批人民来信表达对所在区县征兵工作的不满，在一定范围造成不良影响，值得我们大家深思。存在上述问题的原因，首先是我们市征兵办作为市政府、警备区领导下的征兵工作职能部门，对工作的预见性还不够，指导还不太及时。其次是有的承办工作部门的同志事业性和责任感还不够强，依法规范化开展工作的水平还不够高。再次是有关单位抓工作的落实还不够。

二、依法规范征兵工作的全部程序

征兵工作是一项执法行为，执法行为是一项有规则的行为。征兵工作的制度化、规范化和科学化是我们追求的工作目标。

早在十几年前,国务院办公厅、中央军委办公厅[1988]15号文件就已经向我们提出了实现征兵工作制度化、规范化和科学化的要求。10多年来,我们上海的征兵工作,正是按照国务院、中央军委的要求,在依法规范化征兵的道路上走过来的。可以说,在大家的努力下,兵役机关依法征兵正在全市形成制度,公民、法人和其他组织依法履行兵役义务正在成为自觉行为。但是,由于依法治国的基本方略对各项工作包括对征兵工作提出了更高的要求,新时期军队建设"打得赢、不变质"对征兵工作和兵员质量也提出了更高的要求,我们的工作离时代的要求,与发展社会主义市场经济、加强国防和军队建设新形势的需要,就不能不说还存在一些差距。如何适应时代和形势的需要,使本市的征兵工作继续向前发展,就需要我们不断总结工作经验、提高工作水平。从依法治国的大环境和本市征兵工作的现状来看,依法规范征兵工作的全过程,应该是适应时代和工作需要的必然举措。

我们把目前本市征兵的全部工作理了一下,主要的工作有23项,今天就和大家来进行一番探讨,就每一项工作的内容、步骤、标准和注意事项,也就是做什么、怎么做、做成怎样和哪些不能做的问题进行一些研究,作一个抽象概括,供大家参考。

1. 兵役登记。兵役登记是兵役机关每年对男性适龄公民进行的履行兵役义务权利的注册和履行兵役义务资格的界定。其工作内容和步骤是:(1) 发布兵役登记通告,发出兵役登记通知;(2) 设立兵役登记站;(3) 受理适龄公民的登记,对登记对象进行身体目测、政治初审、年龄文化初核;(4) 确定适龄公民履行兵役义务的资格;(5) 确定本地区当年的预征对象;(6) 为工作、户籍变动者办理兵役登记转移单。兵役登记工作的标准是:(1) 一个不漏,即当年应该登记和核对登记的对象不能遗漏；(2) 准确无误，对适龄公民履行兵役义务的资格界定准确；(3) 所确定的预征对象质量较高(按上年征兵任务数的2倍确定)。兵役登记工作须注意的事项有：发布通告要做到家喻户晓；发出通知要收取回执；对登记对象的初查初审初核既要认真又不要过于复杂；核登要有见面程序、作必要审查，不能把书面统计作为核登工作内容；预征对象数量不能定得太多；兵役登记关系要及时转移。

2. 制发兵役证。兵役机关为经过兵役登记的适龄公民制作并颁发的兵役证，是记载适龄公民履行兵役义务资格情况的法律凭证，也是适龄公民享受相关权利的有效证件。制发兵役证的工作内容和步骤是：(1) 审核适龄公民的兵役登记结论，确定其属于应征、缓征、免征、不征、拒征还是转服预备役；(2) 按兵役证上的栏目填写适龄公民有关情况，贴照片，作塑封；(3) 填写兵役证发放登记表；(4) 举行必要的形式向适龄公民发证。制发兵役证的工作标准是：(1) 兵役证上各栏目填写真实、准确、规范、清晰；(2) 向适龄公民发证时要进行兵役法规的宣传和依法履行兵役义务的教育，并讲解兵役证的使用规定；(3) 兵役证主要以个人保管为主，要及时发给本人。制发兵役证工作须注意的事项有：发证后的4年内，每年都必须将兵役登记核登结论填写上证；兵役证填写切忌草率；兵役证可根据情况实行个人或集中保管，转服预备役时必须发给个人；收取工本费必须把全市统一的发票交领证人；发证时必须进行教育。

3. 执法检查。即根据依法行政的原则，每年由市、区县征兵办会同有关行政执法部门，对本市公民、法人和其他组织实施执行兵役法规情况的检查。其工作内容和步骤是：(1) 基层单位自查。各基层法人单位按照区县征兵办制发的兵役执法自查情况报告表规定的内容，自查本单位执行兵役法规的情况，由法人代表签署后报区县征兵办；(2) 区县普查。区县征兵办将基层单位的自查报告表与区县所掌握的资料进行核查，并选择部分单位进行抽查；(3) 市组织抽查。市征兵办会同市有关部门至各区县、直属局(公司)的部分基层单位实施抽样检查。其工作标准是：(1) 市、区县两级检查要达到宣传兵役法规、指导基层工作、规范工作程序的要求；(2) 基层单位自查率要达到98%以上；(3) 市、区县组织抽查的主要对象应是未设武装部的单位。其注意事项有：兵役执法检查应边查边纠，立足于指导和规范基层工作；执法检查人员禁止吃请受礼；执法检查结果纳入评比先进内容。

4. 研究部署。指在受理上级下达的征兵任务后，政府和军队分管领导召开军地有关部门负责人参加的专题会议，研究决策当年本地区征兵工作有关重大事项，并适时召开征兵工作会议，全面部署征兵工作。其工作内容和步骤是：(1) 市政府和警备区在接到国务院、中央军委下达的征兵命令后，召开有军地有关部门负责人参加的专题会议，传达学习国务院、中央军委征兵命令，研究当年全市征兵工作的计划安排，确定有关政策性问题，并适时召开全市征兵工作会议进行工作部署；(2) 各区县在受领市政府、警备区下达的征兵任务后，由区县政府分管领导和人武部领导及时召开区县有关部门负责人参加的征兵工作专题会议，传达、学习上级的征兵命令和会议精神，研究本区县征兵工作的实施计划，决定有关问题，并适时召开本区县征兵工作会议部署工作；(3) 街道、乡镇或企事业单位适时召开相应的会议，对本地区或本单位的征兵工作作出安排和布置。其工作标准是：(1) 对上级的征兵命令和指示精神要及时传达、认真学习、准确领会；(2) 要结合本地区的工作实际，研究制定切实可行的工作计划和政策规定；(3) 下达征兵任务及时、合理。其注意事项有：各级职能部门要预先提出准确、周到、科学、合理、可行的实施方案和政策性意见供领导决策；征兵任务的预分方案要合情合理，并征求过下级意见；各级专题会议和征兵工作会议要适时召开。

5. 兵员分配。兵员分配工作即将本地区承担的当年征兵任务数分配给出兵地区和单位，同时把各接兵部队的接兵数划分到各出兵地区和单位。兵员分配工作的内容和步骤是：(1) 统计各出兵地区或单位的人口数或职工数、适龄公民和应征公民数、上一年出兵数；(2) 按比例拟制当年的征兵任务分配计划；(3) 预告出兵地区或单位当年征兵任务数听取意见；(4) 对征兵任务分配计划进行必要修改；(5) 报上级领导审批后随本级征兵命令下达；(6) 区县在体检前后及时向接兵部队划分接兵地区和单位。兵员分配工作的标准是：(1) 下达给各地区和单位的征兵任务数公平、合理、按比例、合实情；(2) 市下达给区县不超过 3 个接兵大单位，区县下达给地区或单位原则上不超过 2 个接兵单位；(3) 同一部队 3 年内不在同一地区接兵；(4) 下达任务均用制式书面形式。兵员分配工作的注意事项有：计划和调拨必须由 2 人承办；分配计划必须由本级负责人签批；工作承办人原则上每 2 年轮换；杜绝计划分配(调拨)工作中的随意现象；向接兵部队划分接兵地区要及时。

6. 宣传教育。征兵宣传教育工作是指在平时征兵准备和征兵实施过程中，在公民、法人和其他社会组织中进行的爱国主义、革命英雄主义、兵役法制和端正公民入伍动机教育。其工作内容和步骤是：(1) 每年制定或修订征兵宣传教育工作计划；(2) 收集、整理、制作宣传教育的资料、图片；(3) 根据不同阶段的工作情况有针对性地组织实施宣传教育工作；(4) 搞好每年宣传教育工作总结。其工作标准是：(1) 宣传形式要多样化。

如面对面的思想工作、各类报告会、座谈会、大众传媒和环境优化;(2) 突出重点、有针对性。要根据当年的形势和应征公民及其家长的思想实际分征兵前、征兵中和入伍前几个阶段开展思想教育工作;(3) 充分运用现代宣传手段,做到传统做法与现代手段相结合;(4) 宣传教育注重效果,即本地区无逃避兵役和拒绝完成征兵任务的人和事,应征青年入伍后无思想问题等。其注意事项有:防止宣传教育工作不落实,应征公民入伍后思想问题多;防止只图形式不求效果,防止只重视解决思想问题不顾及社会环境优化;能及时发现倾向性问题,及时采取措施,及时解决问题;做好宣传教育中的保密工作。

7. 体格检查。体检工作即由兵役机关统一组织协调,卫生部门具体承办,依照应征公民体格标准,实施对预征对象的身体检查。其工作内容和步骤是:(1) 组成市、区县征兵办体检组,由卫生部门派出的干部担任组长,由征兵部门的干部担任副组长;(2) 设置有固定场所、体检器械完备、多功能的体检站;(3) 选调有相应水平、有一定比例征兵体检老手、工作责任性强的体检医务人员;(4) 组织征兵政策规定和体检标准的学习、培训和考核;(5) 制定和完善体检责任制;(6) 按规定的时间、规定的比例实施对应征公民的体格检查,作出体检结论,并按规定比例实施复查;(7) 组织对体检合格对象的病史调查;(8) 市体检组实施工作检查指导,承办特种兵复查。其工作标准是:(1) 每区县要有正规的体检站;(2) 体检人员必须思想好、业务精、责任性强,并经过检前培训;(3) 体检合格结论的兵员中无责任性的不合格人员出现;(4) 体检合格兵员中无病史不合格人员。其注意事项有:体检工作要由区县兵役机关统一组织协调;要会同接兵部队医生体检;防止适龄公民及其家长和其他人员通过医务人员弄虚作假、作弊现象的出现;要成立病史调查组，完成规定的病史调查程序，形成规范有结论的材料，杜绝把有传染病、性病、精神病和性格孤僻的人作为合格对象；注意做好应征公民体检中的思想教育工作。

8. 政治审查。政审工作即由兵役机关统一组织协调，公安部门具体承办，依照应征公民政治条件实施对体检合格对象的政治历史和现实表现的审查。其工作内容和步骤是：(1) 组成市、区县征兵办政审组，组长由公安部门派人担任，副组长由征兵部门派人担任；(2) 组织各级政审组人员及基层政审人员学习有关政审政策规定，制定工作职责；(3) 基层出兵地区或单位展开对体检合格对象的调查取证工作；(4) 区县政审组汇总政审材料，组织联审，作出政审结论；(5) 市政审组实施工作检查指导。其工作标准是：(1) 对政审对象的主要社会关系和现实表现的调查取证做到一个不漏、一环不缺；(2) 对必须调查的问题做到明白无误、清清楚楚；(3) 政审结论准确、用语规范、书写端正。其注意事项有：政审工作要由市、区县征兵部门统一组织协调；初审、复审、联审要责任到人；政审各环节不能有遗漏；政审重点是应征公民的现实表现；防止责任性的把政治不合格对象作为合格对象；杜绝因说情把不合格对象作为合格对象；政审有关政策和内容要保密。

9. 审批定兵。审批定兵即对政治审查、体格检查、年龄和文化审查均合格的应征公民，按照择优挑选的原则，审查批准确定为当年征集对象的工作。其工作内容和步骤为：(1) 基层初定，即接兵部队与基层出兵单位初步选定；(2) 区县审定，即区县征兵办分别与各接兵单位商定；(3) 定兵会确定，即区县政府分管领导召集人武、公安、卫生、监察等有关部门负责人、接兵部队负责人参加的定兵会，最后确定批准入伍的对象；(4) 张榜公布。将所定新兵名单在兵员居住地和工作单位张榜公布，听取群众意见。其工作标准为：(1) 必须按择优挑选的原则组织定兵，供区县审定的兵员，至少要达到任务数的 1∶1.2；(2) 必须按征接双方协商定兵的原则组织定兵，每一级定兵，都必须征接双方取得共识；(3) 所定兵员必须符合各项条件，政治、身体、年龄、文化四合格，各项审查材料齐全并没有疑点。其注意事项有：不应缺少某一级定兵程序；征接双方不能由一方单独定兵；定兵数不能没有余数即没有挑选余地；区县审定前兵役机关内部须取得一致意见；张榜公布后对群众有反映的对象立即进行核查，确有不合格问题的予以调换，反映不实者则仍作为征集对象；区县定兵会要形成制式记录。

10. 发放服装。指组织新兵被装物资的领取并向新兵发放的工作。其工作内容和步骤是：(1) 解放军被装至警备区后勤部军需仓库领取；(2) 武警被装去武警上海总队或边防、消防总队后勤部领取；(3) 做好按人分类分品种工作；(4) 向新兵发放。其工作标准是：(1) 按时领取，按时发放；(2) 做到品种不少、物品不漏；(3) 所发物品尽可能符合新兵身高、体型尺寸；(4) 对所缺和尺寸明显不合的物品及时组织补领调换。其注意事项有：领发被装时间不要随意提前或推迟；领发被装避免缺少；尺寸明显不适合的须组织调换；领发时要查验服装卡。

11. 交接输送。即组织新兵档案材料和人员的交接，将新兵运送到离沪的车站、码头或机场。其工作内容和步骤是：(1) 按要求规范整理好每名新兵的档案材料（只装入伍批准书、入伍审查表、体检表、党团志愿书、入伍前单位形成的正规材料及服装卡）；(2) 按部队接受单位制作新兵交接名册；(3) 在新兵启运一天前与各接兵部队按名册办理档案交接手续；(4) 征接双方组织新兵进行安全乘坐车船和飞机常识教育；(5) 启程离本区县之前若干小时在区县所在地与接兵干部点名交接兵员;(6) 与接兵干部一起护送新兵抵达车站、码头或机场。其工作标准是:(1) 新兵档案材料整洁规范;(2) 新兵交接名册规范齐全;(3) 按时办理交接手续;(4) 安全、准时将新兵护送到指定地点。其注意事项有:新兵档案不能随意增减材料;不得在启运当天办理档案交接手续;每批新兵运输都应有区县征兵办干部护送,大批运输应由主要领导护送。

12. 受理退兵。即对部队退回的新兵,在市征兵办决定作退兵处理后,及时受理并为退兵人员做好善后工作。其工作内容和步骤是:(1) 市征兵办对部队送回的新兵进行必要的复核复查,认定合格的要求部队带回,确实不合格的办理接受退兵手续并通知区县征兵办;(2) 区县征兵办按市征兵办接受退兵的通知要求,按时将所退新兵接回本区县;(3) 查清退兵原因,了解掌握新兵思想、身体状况,做好必要的思想工作;(4) 协助退兵人员做好复工复职和恢复户籍的工作。其工作标准是:(1) 及时将新兵领回;(2) 及时查清退兵原因,找出经验教训;(3) 及时做好退兵人员的思想工作和善后工作。其注意事项有:区县无权直接接受退兵;不得擅自调换新兵;受理退兵要及时;退兵原因要查明并总结经验教训;维护所退新兵的正当权益,做好思想工作,防止发生事故。

13. 信访工作。信访工作即对公民、法人和其他组织关于征兵工作的来信来访受理、接待和对所反映问题的处理工作。其主要工作内容和步骤是:(1) 指定专门的信访工作承办人员,公布专用电话号码,征兵期间市、区县征兵办均设立信访组专司信访工作。(2) 来信受理。收到公民、法人和其他组织的来信或由上级批转的来信后,根据来信内容及时办理。对政策咨询的信件,3 天内予以书面答复或回电答复;反映征兵部门工作问题的信件,1 周内调查清楚,视情给予回复;对上级批转的信件，针对所反映的问题和上级的要求进行调查了解，一般在2周内办结，处理结果报上级。(3) 来电受理。对政策咨询的来电内容当即予以相应的解答，对要求解决问题的来电回复，可要求来电人按规定程序办；对反映问题的来电记录在案，表示将作调查；根据来电内容、决定各种来电是否予以回复。(4) 来访接待。对来访者待之以礼；问明来访目的和所访具体事由；对当场可以解答的问题当即予以答复；对不宜当场解答的问题记录在案，告知将进行调查了解，一般在2周内予以回复。其工作标准是：(1) 有专人负责承办信访工作；(2) 要达到热情接待、宣传政策、化解矛盾的目标；(3) 立足本级办结，不使信访矛盾上移；(4) 征兵期间信访接待必须有专门场所，设置专用电话并将号码公开；(5) 对信访者反映的属本级或所属下级存在的问题，要即查即纠。其注意事项有：避免信访工作责任制不落实；信访工作忌推诿、敷衍、“踢皮球”现象；不能对所反映的问题麻木不仁、听之任之，不调查、不了解、不办理、无回音；不能使该查纠的问题不及时查纠而导致矛盾激化。

14. 征接协调。即征兵部门与接兵部队互相协作、密切配合、共同开展征接兵工作。其主要工作内容和步骤是：(1) 及时建立征接兵双方组成的临时党组织，负责协同工作、管理双方人员、协调处理征接双方可能出现的工作矛盾等；(2) 区县兵役机关要指定一名领导负责接兵部队的接待协调工作。对接兵人员的工作和生活上遇到的困难要力所能及、合情合理予以帮助解决；(3) 接兵部队到达本地区时要召开情况介绍会，离开前要召开座谈(欢送)会；(4) 要安排接兵部队参加征兵工作的全过程，遇有不同意见用工作原则和组织原则取得统一。其工作标准是：(1) 征接双方按讲党性、讲原则、讲纪律的原则，围绕搞好征兵工作、确保兵员质量的目的互相配合、协调工作；(2) 征接双方都没有把自己的意图强加于对方的现象;(3)工作中出现的矛盾能在本级妥善得到解决;(4)征兵部门对接兵部队的工作和生活热情关心、主动为之排忧解难;接兵部队发扬艰苦奋斗精神,不提非分要求。其注意事项有:防止不讲原则地处理征接关系;征接双方的工作矛盾不要暴露给应征青年及其家长;在工作中双方要互相尊重、互谅互让,任何一方都不能我行我素。

15. 跟踪教育。跟踪教育即对本地区征集入伍的义务兵及其家属,进行不间断的情况了解和掌握,实施跟踪教育、管理与服务。这项工作是新时期征兵工作内容的必要延伸。其工作内容和步骤是:(1)在新兵训练期间,组织基层出兵地区或单位每月与新兵通1次信,每月与家长联系1次,以便及时掌握新兵思想情况;(2)根据新兵情况由出兵单位通过写信或家访,有针对性地做好新兵经受艰苦训练生活磨炼的鼓励工作;(3)对思想问题比较大、有离队倾向的个别新兵,由区县兵役机关和基层单位组织少量人员去部队做工作;(4)新兵训练期后,组织基层单位每季与义务兵联系1次,每半年与家属联系1次;(5)及时会同有关部门为义务兵家属排忧解难;(6)及时掌握并组织宣扬义务兵及其家长的先进事迹。其工作标准是:(1)通过跟踪教育使所征新兵经受住新兵连生活的考验,无跑兵现象出现;(2)通过跟踪教育使新兵家长积极配合部队做好子女安心服役的工作;(3)及时解除义务兵的后顾之忧。其注意事项有:不能兵送走、就撒手;防止所征新兵出了事征兵部门不掌握;非十分必要不要派人去部队;有关情况及时向上级通报。

16. 办特招兵。兵员特招指按照国务院、中央军委的规定,为军队在编文体单位办理招收具有文体特长兵员的工作。其工作内容和步骤是:(1)市征兵办在查验部队办理人员所持的大军区以上政治部门介绍信，查明招收单位确属部队在编文体单位后，出具制式介绍信至有关区县征兵办。(2) 区县征兵办收到部队招收人员所持的介绍信后予以受理。应做的主要工作是：参照普通兵办理条件协助招收单位政审、体检；核查招收对象是否具有文体特长；提出是否予以批准意见；向招收对象及其家长讲明特招兵不享受本市义务兵及其家属优待政策。(3) 在市征兵办批准特招后办理“三联单”。其工作标准是：(1) 办理特招手续齐全；(2) 政审、体检结论和核查招收对象是否具文体特长真实可靠；(3) 向招收对象及其家属宣传有关政策明白无误，不留后遗症。其注意事项有：区县不直接受理特征兵员事；同意招收的兵员本人现实表现、直系亲属政审符合普通兵条件，身体必须合格；有关优待政策要当面向兵员及其家长讲清。

17. 在役义务兵统计。即每年对本地区所征集的仍在部队服现役的义务兵人数及立功受奖等情况进行统计，经市征兵办汇总后抄送市有关部门，以便核对、落实优待金发放等工作。其主要工作内容和步骤是：(1) 下发和收集由基层出兵地区或单位填写的在役义务兵情况统计表；(2) 区县做好统计汇总，形成表册和盘片；(3) 视情与民政部门作必要的核对；(4) 报市征兵办。其工作标准是：(1) 不漏 1 个单位、不漏 1 个人员；(2) 力求与本地区民政部门统计数吻合；(3) 上报按时。其注意事项有：注重基层上报的第一手资料；不能从有关部门抄数据；不能到期不报影响全局工作。

18. 廉洁征兵。指在征兵工作中，全体征兵工作人员认真执行征兵政策和规定，依法办事，不徇私情、不谋私利，按兵员征集条件确定应征公民是否具备入伍资格的行为。其工作内容和步骤是：(1) 每年征兵工作展开前，各级征兵部门组织全体工作人员学习有关法律、法规和规定，提高廉洁征兵的认识和自觉性；(2) 市、区县征兵办和基层征兵部门针对当年实际情况制定有关措施，向全体工作人员提出要求；(3) 市、区县征兵办在每年征兵期间设立纪检组，负责督查廉洁征兵有关事项；(4) 发现问题及时查处。其工作标准是：(1) 各级征兵部门对廉洁征兵工作有学习、有布置、有措施、有检查；(2) 本级本部门无违反廉洁征兵规定的人和事；(3) 本地区无群众有关举报；(4) 有举报能立即查纠。其注意事项有：对廉洁征兵工作的重要性要有足够的认识；各级征兵部门领导要带头，并从严要求下属；有问题必查，有错必纠。

19. 行政处罚。即在征兵工作中，公民、法人和其他组织违反国家兵役法以及本市的兵役法规，逃避履行兵役义务或阻碍征兵工作的开展，经教育不改，区县征兵办依法对当事人作出经济处罚决定或建议有关部门、单位给予行政处分。其主要工作内容和步骤有：(1) 发现逃避履行兵役义务或阻碍征兵工作开展的人和事，即依法进行批评教育，并责令其改正(必要时出具书面教育书)；(2) 对拒不接受教育、不思改正的当事人，由承办部门拟制行政处罚建议书，并附有关书面材料，提交区县兵役机关办公会议审议决定；(3) 向当事人发出处罚决定书，同时抄送市征兵办。其工作标准是：(1) 贯彻教育为主、处罚为辅的指导思想，作出行政处罚前必须认真教育过当事人；(2) 行政处罚决定以事实为依据，以法律为准绳，适用法规条文清楚无误；(3) 作出处罚决定程序完整、正规并经集体研究通过。其注意事项有：当事人的违法事实和经教育不改的事实必须调查确实、形成规范的书面材料，有 2 人承办；有关事实和处罚程序经得起法律法规的检验以及经得起当事人申请行政复议甚至提起行政诉讼。

20. 行政复议。指公民、法人和其他组织认为区县兵役机关的工作行为侵犯了自己的合法权益,依法向市征兵办提出行政复议申请,要求维护其权益,市征兵办依法受理,并在调查研究后作出复议决定的活动。其工作内容和步骤是:(1)市征兵办接到行政复议申请书后,向有关区县征兵办下达作出答复书的通知,同时将行政复议申请书抄送该区县征兵办;(2)被申请人在规定的期限内将答复书报市征兵办,同时提供有关证据;(3)市征兵办根据申请书和答复书以及双方提供的证据进行必要的调查和审理,作出行政复议决定,向双方发出决定书,并根据情况向被申请人发出法制监督建议书;(4)市、区县征兵办根据情况约见申请人。其工作标准是:(1)以事实为根据,以法律为准绳是办理行政复议的根本标准;(2)重证据、重调查研究,依法维护当事人的合法权益和兵役机关的工作权威;(3)作出复议决定使当事双方信服;(4)不留后遗症。其注意事项有:区县征兵办主要领导要亲自办理有关事项;向上级及时提供真实可靠的情况和证据;尽量协商解决问题,避免发展成行政诉讼;对行政诉讼有所准备;举一反三,杜绝工作失误。

21. 行政诉讼。指公民、法人和其他组织认为市、区县征兵办在征兵工作中的具体行政行为侵犯了其合法权益,依法向人民法院提起诉讼,兵役部门依法应诉,人民法院依法审理判决的法律行为。其工作内容和步骤是:(1)兵役部门收到人民法院的起诉书副本后,立即进行调查取证,并起草应诉书;(2)视情聘请专业律师或指派本部门的法律顾问参与应诉全部工作;(3)准备参加法庭调查的证据材料和答辩词;(4)对原告的不实之词据理驳斥;(5)对本部门确实存在的侵权行为实事求是认可;(6)按法院判决做好善后工作。其工作标准是:(1)应诉以事实为根据、以法律为准绳;(2)收集的应诉证据实事求是;(3)服从法院判决;(4)总结经验教训,做好善后工作。其注意事项有：调查取证迅速、细致、真实可靠；充分发挥律师或法律顾问的作用；尊重法院判决。

22. 计算机管理。兵役工作的计算机管理即通过软件开发，将兵役工作的主要工作过程和数据统计实施计算机处理，达到迅捷、准确、优化的目的，用科学的方法提高征兵工作效率、确保兵员质量。其工作内容和步骤是：(1) 通过计算机优化征兵工作实施计划；(2) 运用计算机辅助决策系统择优挑选兵员；(3) 运用计算机汇总统计兵役登记、执法检查、在役义务兵统计、兵员数质量统计等数据；(4) 建立市、区县适龄公民和在役义务兵主要情况的数据库。其工作标准是：(1) 力争 3 年内征兵工作基本实现计算机管理；(2) 计算机数据库统计准确、使用便捷；(3) 计算机管理兵役工作不断创新。其注意事项有：要有专人承办管理工作；纵、横向联网的前提是严防泄密，并防止病毒侵入。

23. 总结表彰。即每年征兵工作结束后，市、区县征兵办对当年征兵工作进行回顾分析，梳理工作经验和存在的问题及其原因，推荐评比先进单位和先进工作者，予以通报表彰。其工作内容和步骤是：(1) 当年年底以前，市征兵办召开征兵工作总结讲评会，讲评全市征兵工作，总结工作经验，分析存在的问题，提出下一年改进工作的措施和工作思路；(2) 区县征兵办召开相应的会议；(3) 市、区县征兵办分别向上级报送年度征兵工作总结报告及兵员数质量统计表；(4) 市、区县征兵办分别对当年形成的征兵工作资料进行收集、整理、归档，对体检、政审等专用章实施统一保管；(5) 在下一年征兵工作会议上表彰上一年度先进。其工作标准是：(1) 总结及时、客观、实事求是、一分为二，并能形成建设性、前瞻性的改进措施和工作思路；(2) 数质量统计表真实、准确，按时上报；(3) 推荐评比先进公正、公平，实绩明显，使人信服；(4) 征兵工作形成的档案资料有专人管理，便于使用和保持工作的连续性。其注意事项有：总结材料上报要及时；评比先进要有利于推进工作，不搞照顾；工作资料归档和保管使用要规范化。

以上对征兵工作23项程序进行的规范，是根据近些年市、区县的工作实际整理出来的，也是初步的概括。这些概括原则上是按照征兵工作的全部流程顺延下来的。征兵工作全部过程的23项主要工作，也可以将其分为平时准备、研究部署、征集实施、善后工作四个阶段，请大家在工作中按实际情况掌握。同时，有的工作本身贯穿整个征兵过程，如"廉洁征兵"，为了引起重视和便于操作，还是将其列为一项。总之，请大家在今后的工作实践中予以补充、修正，以便使全市的征兵工作实现制度化、规范化和科学化。还需要说明的是，征兵工作是一项社会性工作，对征兵工作内容的这种概括，属于社会学中对社会性工作实施分层管理的范畴，它的优越性是：使组织管理正规化、科学化，避免工作失误和提高工作效率。缺点是容易使人墨守成规，约束人的主动性和创造性。而创造性是人类发展进步的动力，创新是社会科学和自然科学发展进步的核心和灵魂。所以我们在征兵工作实践中，既要不断地规范自己的工作，又要不墨守成规、富于创新，善于发现规律性的东西，运用辩证唯物主义的认识论和方法论去开展工作，不断取得征兵工作的发展和进步。

三、主动适应征兵工作面临的新形势

最近，总部确定了当前和今后一个时期全国征兵工作的总体思路，这就是："以毛泽东军事思想、邓小平新时期军队建设思想和江主席关于军队建设和征兵工作的重要论述为指导，从适应国家经济建设和新时期部队建设的需要出发，以保证新兵质量为核心，以依法征兵、廉洁征兵为重点，本着充分准备、精心组织、规范程序、严格把关的原则，进一步改进征兵工作，认真抓好平时征兵准备，大力推进征兵法制建设，加大保证新兵质量的措施力度，努力为部队输送优秀兵员，圆满完成国务院、中央军委赋予的征兵任务。”这一思路概括来说，指导思想是三代领导核心的指示，适应主体是经济建设和军队建设，工作核心是兵员质量，工作重点是依法征兵和廉洁征兵，工作原则是充分准备、精心组织、规范程序、严格把关，工作方法是抓好平时准备、推进法制建设、加大措施力度。我们对本市征兵工作全部程序依法进行规范，完全符合总部提出的工作思路和要求。为了使总部要求在本市征兵工作中得到全面落实，我感到我们市、区县和基层各级征兵工作人员要从以下三个方面去努力学习、努力工作：

1. 从当好“三个代表”的高度增强搞好征兵工作的责任感和事业心。江主席关于“三个代表”的重要论述是立党之本、执政之基、力量之源，也是一切工作的指导方针。我们从事征兵工作，完全可以也应该从当好“三个代表”的高度来认识肩负工作的重要性，以强烈的革命事业心和责任感去投入工作，完成党和人民赋予的工作使命。

江主席指出共产党人应该代表中国先进社会生产力的发展要求，生产力在军队的体现应该是战斗力。革命化、现代化、正规化是党的三代领导核心为我军制定的发展方向，是战斗力的来源。建设一支新型的人民军队，不辱“打得赢、不变质”的神圣使命，取决于官兵的政治、军事素质，而士兵的素质主要取决于新兵的素质，这就充分说明了我们征兵工作的性质是一项多么重要的政治任务。我们从事征兵工作的同志，都应该如总部领导所要求的，搞不好征兵工作“夜不成寐，寝食不安”。

江主席要求共产党人要代表中国先进文化的发展方向。文化是人的行为模式，是人生观、价值观、世界观和方法论。它既是精神的，又是物质的。我们在征兵工作中所宣传的爱国主义、集体主义、革命英雄主义，所弘扬的爱国奉献精神、以国家利益为重的精神，既是对社会主义、共产主义精神这一先进文化的宣传，又是对公民、法人和其他组织的教育。通过我们的工作，优化爱国奉献的社会环境，推进社会主义精神文明建设，是我们兵役工作者对党、对国家和社会的贡献。更重要的是，我们把政治可靠、道德纯洁、思想进步的优秀青年送到部队去，为我军永远保持革命军队的本色打下了良好的基础。这就充分说明我们的工作能代表先进文化，我们当好代表又是无上光荣的。

江主席要求共产党人要忠实代表最广大人民的根本利益。我军是国家和人民根本利益的忠实捍卫者，维护人民的利益就最有资格当好人民利益的代表。我们搞好征兵工作，巩固国防和加强军队建设，使保护国家和人民利益的钢铁长城更加坚固，这就从根本上代表了人民利益。再从具体工作中体现，我们所从事的征兵主要工作都是直接与人民群众的利益相关联的。如兵役登记和发放兵役证，既是界定适龄公民履行兵役义务的资格，又是维护适龄公民的权利。跟踪教育、管理与服务，更是直接为民解忧。我们从事征兵工作的全过程，工作对象都是人民群众，增强群众观点和服务意识应该是我们工作的基本要求。我们兵役部门的同志们一定不能使老百姓感到脸难看、门难进、事难办，无论适龄公民参军的愿望能否实现，我们的工作都要使人民群众满意和高兴。总之，我们兵役工作者要从当好“三个代表”的高度来提醒自己、认识自己的工作、规范自己的工作行为，这决不是讲大话空话，而是实实在在的说实话、干实事。只有这样，工作起点才会高、工作责任感才会强、才能使征兵工作更上一层楼。

2. 努力提高依法征兵的工作水平。在现代社会，工作水平的提高不是一时一事的需要，不是几个人的事，而是时时、处处、人人都面临的课题。不进则退、不提高就不适应、不提高就要被淘汰。兵役工作者要提高工作水平，首先要努力学习。学习三代领导核心的论述，学习党中央、国务院、中央军委的路线方针政策，学习市场经济知识，学习法律法规，学习他人的工作经验。江主席讲过，我们的时代是终身学习的时代，不学无术必然故步自封，不掌握新的理论知识和科学知识，要在这个日新月异、瞬息万变的社会环境中搞好征兵工作是不可能的。其次要规范工作。依法治国、依法治市、依法征兵的内涵主要是规范人的行为。一是规范工作对象的行为，二是规范自己的行为，只有规范好自己的行为才能规范好他人的行为。所以我们征兵工作人员，无论是领导还是一般工作人员，都要对自己的权力、职责进行规范。要自我约束、依法办事，才能搞好工作，避免失误。再次要富于创新。要敢于、善于面对征兵工作中的难点重点问题进取，我们在工作中克服一个困难、解决一个矛盾，工作就会前进一步，要坚信在我们共产党人面前，办法总会比困难多。当前本市征兵工作面临的比较大的问题主要有 2 个，一是征兵方式的改进规范，从条块结合改为以块为主。条块结合的方式不能再继续下去了，现在上海的各类企业有 35 万多家，设基层武装部的单位只有 1 000 多家，再在条上开展征兵工作是不可能搞好的。我们全市区县武装部的同志，平均每个干部要面对 1 000 多家企业的征兵工作，怎么也应对不过来，所以要改进。对不适应形势的工作方法要及时进行改进，改进就是改革。第二个问题就是安置方法的改进规范，这主要由民政部门承办，我们配合。依法把城镇退伍兵先安排工作单位改为退伍时安排，并增加一些其他保障措施，才能从根本上保障义务兵的权益。所以，我们的工作要主动适应新形势，要尽量避免工作滞后，滞后就要被动。要有工作预见，预见就会主动，主动就能适应，适者则能生存发展。

3. 坚持做到廉洁征兵。对本市廉洁征兵的形势我们需要有一个十分清醒的认识。这次我们编印的《参阅材料》就是为了使大家对此加深认识。一方面，我们要认识到对征兵工作中存在的问题，老百姓有多么反感。选编的这几封信，我在接到领导批转时，实在感到脸红和不安，感到自己对这方面的工作指导不力，对不起人民、对不起党。党风廉政建设是全党的大事，上海的党风廉政形势是比较好的，人民群众的参政意识很强。在这样的社会环境中，如果我们征兵这一行业还是像有的同志那样大大咧咧工作，我行我素办事，总有一天会出丑闻，到那时，后悔药就没有了。我们市、区县征兵办的全体同志，在征兵工作中都应该自觉做到廉洁自律。另一方面，我们要有清晰的工作思路，拿得出有力的应对措施。社会学家认为：人类社会是一个错综复杂的社会关系网络，人在社会关系的网络中生活。作为社会性工作的兵员征集，加上一些政策吸引的因素，出现一些“关系兵”现象，是一种客观的正常现象。我们需要做的工作，就是因势利导，搞好宣传教育，规范工作行为，按照政策办事。讲通俗一点，就是既不可以不办，又不可以乱办。这次我们遵照三总部前年制定的《廉洁征兵若干规定》，草拟了一份实施办法，供大家讨论，准备修改后提请有关上级部门转发。在廉洁征兵工作上，首先要靠领导带头，我们各级征兵部门的领导要带头坚持廉洁行政。其次要健全制度，按规章制度办事，各单位都要制定切实可行的具体措施，用制度和措施管人管事。最后要抓好落实，说到做到，不能做的事坚决不做。只要我们有很强的责任心，又有较高的依法征兵水平，以身作则、廉洁征兵，我们上海的征兵工作就能继续保持领先的地位，无愧于党、政府、军队和人民，无愧于上海和上海人民。

（2000 年 7 月 22 日在全市各区县、乡镇、街道武装部长业务集训班上的讲义）

关于我国兵役法制的思考

我国古代伟大的军事家孙武说:“兵者,国之大事,生死之地,存亡之道,不可不察也。”兵者,战士也。役者,戍边劳役也。兵役,即国家使用其人民从事安全保卫的战争工作。兵役制度简称兵制,即国家设兵之制度。兵制,同兵器和兵略等一样,是战争和其他军事活动的产物,是军事力量的组织形式及领导方法和管理手段的总和。兵役制度的载体是兵役法,因此,兵役法与兵役制度,为一件事两个名称,或说兵役制度和兵役法规即为兵役法制。兵役法制与人类几千年来的战争史一脉相承,是人类文明发展史的重要组成部分。本文通过追溯我国兵役法制的历史沿革,借鉴国外兵役法制的精华,评析我国现行的兵役法制的得失,推论我国兵役法制改革与完善的路径选择。

一、我国兵役法制的沿革

在中国历史上,兵役法制纷繁复杂,变化殊多。一个朝代或某一历史时期,或主要实行一种兵役制度,或同时实行几种兵役制度。其所以如此,目的是为了更好地解决军队的兵员问题。中国历史上曾实行过民军制(族兵制)、征兵制、世兵制、府兵制、募兵制、动员制等多种,但就其基本类型而言,则大体可归为义务兵役制和志愿兵役制两种,前者包括:民军制(族兵制)、征兵制、世兵制、府兵制等,后者则包括:募兵制和动员制。

（一）中国古代的兵役法制：诸多制度交替

兵制“关立国之根基，驭夷之枢纽”（李鸿章：《李文忠公全集·朋僚函稿》卷五），乃国家自强不息的关键所在。得其道，则国富民强；失其道，则国贫民弱。

夏、商、西周和春秋时期的民军制。夏王朝是中国历史上第一个奴隶制政权，部落林立，诸侯云集。夏王朝和诸侯国都已拥有自己的军队，其兵役制度为民军制。夏王朝的士兵称“众”，即夏王用以保卫国家的武装力量，他们平时为民，战时为兵。商代前期和夏代一样，实行临时征集的民军制度，按军事需要临时由商王指定人数，从王畿某地或某族内征集人员组成部队。甲骨文中有大量关于“登（征）人”“登众”伐某方、征某方的卜辞，就是这一制度的反映。进入春秋以后，各国统治贵族为维持并扩大自己的军队，积极推行“参其国而伍其鄙，定民之居，成民之事，以为民纪”的政策。整个春秋时期，实行的都是常备军与民军相结合的军事体制。

战国和秦朝时期以征兵制为主，兼行募兵制。战国时期主要实行郡县征兵制，即在各国中央统一掌管下，以郡县为单位，征集农民为兵。随着战争发展对士兵素质要求的提高，从春秋末期开始的选练勇士，到战国形成募兵制度。秦统一中国后，继续实行征兵制。

两汉时期由以征兵制为主逐渐转向以募兵制为主。汉初，承秦制，实行征兵制。民17岁“傅籍”（登记），成为具有兵役义务的待役人员，称为“正”。“正”20或23岁起役，轮流应征，服现役两年。武帝时，土地兼并日趋严重，大批小农破产流亡，豪富之家多有免除兵役的特权，又战事频繁，兵员需要量大，过去行之有效的征兵制度不能正常进行，也无法满足战争的需要，于是，兼行募兵制。东汉时期，募兵成为主要集兵方式，征兵制亦未废止。

三国两晋南北朝时期盛行世兵制，兼行募兵制、征兵制。三国形成时期之初，沿袭东汉，主要实行募兵制。至建安年间，因长期战乱，逃兵增多，人口减少，募兵困难，曹操、刘备、孙权，都开始逐渐实行不同名目的世兵制，以确保兵源。两晋时期，以世兵制为主，兼行募兵制。西晋是世兵制的盛世，世兵数量众多，军户单独立籍。南朝以募兵制为主，多种集兵方式并行。北朝实行举族皆兵的族兵制，鲜卑和其他少数民族部落成丁战时人人为兵。统一北方后，鲜卑部落兵逐渐演化为常备兵，家属随营居住，定为兵户（或称镇户、府户、营户），另立户籍，世代为兵，族兵制即演化为世兵制，并成为其主要集兵方式。各州郡普遍建立军队以后，开始大量征集汉人为兵，于是征兵制逐渐兴起。

五代时期实行募兵制，兼行征兵制。五代时期主要实行募兵制，亦强征民丁入伍。后梁募兵，“先度人材，次阅走跃，试瞻视，然后蟾面，赐以钱、衣履而隶诸籍”（《宋史·兵志七》）。后唐发民为兵，自备盔仗。南方诸国亦行强征办法，五代后期，还实行以降兵隶军的办法扩充兵员。

隋唐时期实行府兵制。府兵制是建立在均田制基础上的军事制度，因普遍开设军府而得名。隋文帝杨坚统一中国后，沿行西魏、北周时的府兵制，并作了较大的改进。唐朝盛行的府兵制，是在隋朝府兵制的基础上加以改进而逐步完善起来的。到贞观十年（公元 636 年），府兵制的改革工作基本完成。内设 16 卫，以培植将才；外设 600 余府，以储备兵伍。全国户口 800 余万，计有府兵 60 余万。府兵统归各军府管理，平时散居务农，农隙进行训练；战时奉命集中，临时命将统领；战后兵散于府，将归于朝。

宋朝盛行募兵制。宋朝主要实行募兵制。招募对象多为灾荒饥民,并实行灾年招募饥民为兵的养兵制度。此外,还鼓励营伍子弟接替父兄当兵,或以罪犯充军,兵源缺乏时,也抓民为军。一经应募,终身为伍。宋军实行拣选制度,每年春秋按上、中、下三等标准进行训练考核,壮健有武技者,可由厢军升禁军,武技出众者,优给赏物,可补阙阶官。武技不及下等者,马军降为步军,又不及降为厢军。阵亡军士家眷有抚恤,伤残也有安置的规定。

元明清时期的世兵制。元朝的兵制以部族为单位实行举族皆兵的族兵制,兼行以军户制为集兵方式的世兵制。蒙古各部实行"家有男子,十五以上、七十以下,无众寡尽签为兵"(《元史·兵志》)的制度。又通过实行军户制,规定一部分居民当兵服役,户籍与其他居民分开,另行管理。凡被定入军籍的人,按照政府的规定,不得改为其他户籍。明朝主要实行军户制。明朝对户籍的管理相当严格,全国户籍,划为军、民、匠三种,进行分类管理。凡隶军籍者,非朝廷恩准,一般不得易为民籍。明朝后期,一度实行民壮制,以补充募兵之不足。佥派民壮为兵,也有征兵制的性质。清朝在后金国时,就创立了八旗兵制,"以旗统人,即以旗统兵,隶乎旗者,皆可为兵"(《八旗通志》二集卷三二)。清朝的绿营、勇营和新兵,先都实行募兵制。绿营最初招募当地民壮为兵,兵皆土著,家属随营,后来成为世兵。

从中国古代兵役法制演变发展的历史不难看出:实行什么样的兵役制度,与一定社会历史时期的政治、经济、军事状况密切相关。政治稳定及和平时期,征兵制就能较顺利执行;政局紊乱及战争年代,就多为征、募兼施并以募为主。

(二)中国近代的兵役法制:并行征兵制、募兵制

中华民国时期,既实行过募兵制,也实行过征兵制。国民政府于1933年正式颁布《兵役法》,规定实行征兵制,将兵役区分

为国民兵役和常备兵役两种，男子年满十八岁至四十五岁，在不服常备兵役时，服国民役。平时，受规定之军事教育；战时，以国民政府之命令征集之。常备兵役区分为现役、正役和续役。国民党政府在制定该《兵役法》时，曾强调“平等”“平均”“平允”等“三平原则”，但在实际执行中，却营私舞弊，殊多不平。兵役负担全部都落在了普通百姓身上，士兵待遇很差，造成大批逃亡，征兵制有名无实。抗战后，曾修订并重新颁布《兵役法》，规定实行征兵制：凡年满二十岁之男子，经征兵检查合格，征集入伍，为期二年，但步兵之军士及特种兵、特业兵为期三年。

二、外国兵役法制的借鉴

外国的兵役法制同样历史悠久，经历了一个长期的发展变化过程。在古代，实行过民军制、职业雇佣兵制、骑士充役制和雇佣兵制；近代兴起普遍征兵制，并创立预备役制；20 世纪初以来，义务兵役制得到普及，志愿兵役制不断完善，形成了义务兵役制和志愿兵役制有机结合的发展趋势。外国兵役法制的历史经验和改革实践，为我国兵役法制的改革和完善提供许多有益的借鉴。

（一）外国兵役法制的特点

各国在兵役制度发展的实践中，从各自的国情军情出发，遵循兵役工作自身发展规律，不断探索与创新。在各国兵役制度演变的轨迹中显示出以下几个特点：

兵役法律法规完善。从兵员的征募到士兵服现役，从福利待遇到优抚安置，从退出现役到转服预备役等都规定得比较详尽、具体，并与国家的法律、政府部门和地方的有关法规相衔接，构成了一个完整、系统、覆盖面大的兵役法规体系，确保了兵役工作的顺利施行。如德国的《兵役法》，既是国家兵役工作的基本法律，又是调整兵役领域与其他领域关系的母法；在母法下面又有相应的各种子法和附属法。多数国家在兵役法规中明确了兵役法律责任，使其具有较强的可操作性。特别对妨害兵役的行为，均规定了具体的惩处措施，较好地保证了公民依法履行兵役义务和征兵工作的落实。

兵役组织机构健全。兵役机构，是国家为便于武装力量兵员补充和储备，在政府和军队系统设置的管理工作部门。它既是国家与军队各级领导机关实施兵役工作的具体办事机关，又是贯彻实施兵役法规的职能机构。根据兵员征募方式的不同，各国建立了各自不同的兵役领导机构和组织系统。实行志愿兵役制的国家，主要在军队系统内设置兵役机构，通常由国防部统一领导与组织协调，由各军种及其下属募兵机构组织实施。英、美、加等国均属这种类型。实行义务兵役制国家的兵役机构，具有双重属性和接受双重领导，即在国家最高兵役决策机构的统一领导下，由各级政府和军队有关部门共同组织实施。各级兵役委员会(局、处、站)，既接受上级军事机关的领导，又受同级政府的领导与制约。还有一些国家，为了保证平时募兵、战时征兵，不仅在军队系统，而且在政府系统也设置了兵役机构。如美国，从南北战争以来，一直实行的是平时募兵、战时征兵的政策。为确保紧急情况下国家有足够的兵力，除在军队系统设置募兵机构外，还在政府和地方系统设置了“选征兵役系统”。

征募手段科学规范。为了确保兵员的征募，多数国家都严格按照法定程序实施征兵。一是利用各种新闻媒体和广告，广泛宣传征募兵员的意义及介绍军队情况，以吸引更多的青年应征应募。二是拟制兵员征募计划，下达征募任务。三是组织适龄青年进行兵役登记和报名应征应募。四是对应征应募青年进行审核,确定预选人员。五是对预征预招人员进行体检和语言、文化、心理、智能、体能等方面的测试。六是确定应征应募对象,并通知其入伍。七是组织新兵集训。八是分配新兵到部队服役。各国军队制定了从文化程度、身体条件到政治要求、智力水平等方面一整套严格的征募标准,较好地保证了兵员质量。

军人权益受到重视。世界上多数国家出于对国家安全利益和军队长远建设的考虑,十分重视提高现役军人的福利待遇与做好退役军人的优抚安置工作,以保证军人在政治上享有崇高的权利,在社会上有较高的地位,在经济上有较优厚的待遇,在生活上有可靠的保障。美国兰德公司的研究表明,使军人的薪金、福利待遇与其在整个社会中所处的地位相适应,是保持部队稳定的"最有效措施"。许多国家为吸引更多的适龄青年入伍,并能长期在部队服役,都根据各自的国情和经济状况,尽可能地增加军人的工资、津贴,并提供优厚的、名目繁多的福利待遇。为保障军人安心服役,解除其后顾之忧,许多国家不仅努力提高军人的福利待遇,而且在军人退役(休)后,尽可能提供优惠的就业条件和机会,实行优越于其他任何行业的退役(休)制度。如享有优厚的退役金和退休待遇、就业安置优先、教育和就业培训优惠等。许多国家认为,军人的牺牲和奉献是难以完全用物质利益来补偿的,还需要靠精神上的抚慰来满足心理需求。因此,还广泛动员全社会关心、支持军队,尊重军人;以法律形式确立军人的社会地位,维护军人的权益;赋予军人崇高的荣誉和特殊的礼遇等。

(二)外国兵役法制的趋势

近年来,各国为了适应国际战略格局的调整和军事技术革命、军队质量建设的需要,都从各自的国情出发,不断改革和完善兵役制度,主要呈现以下发展趋势:

在兵役总体制度方面，征募制度的改革逐步朝着职业化方向发展。是由单一义务兵役制向征募混合制方向发展。据不完全统计，世界上实行单一义务兵役制的国家已由20世纪70年代的76个，减少到90年代的64个；而实行义务兵与志愿兵相结合兵役制度的国家却由70年代初的8个，增加到目前的28个。二是由以义务兵为主的征募混合制向以志愿兵为主的征募混合制方向发展。如意大利、波兰、韩国等曾是以义务兵为主的征募混合制国家，但进入90年代后，便加快了向以志愿兵为主的征募混合制过渡的步伐。三是由征募混合兵役制向职业化的志愿兵役制方向发展。二战结束后，日本、英国、美国等国分别从20世纪50年代、60年代和70年代相继实行了职业化的志愿兵役制。

在服役制度方面，士兵服现役期限朝着长短结合的方向发展。近年来，许多国家为适应和平时期军队职业化程度提高、军队的职能和任务单一、维持“公民平等服役”的原则的需要，纷纷缩短义务兵服役期限，一些实行义务兵服役期本来就较短的国家在原有基础上又做了压缩。据不完全统计：自20世纪90年代以来，共有25个国家程度不同地缩短了义务兵服役期限。但为了保证军队建设的需要，一些国家在缩短义务兵服役期限的同时，一方面增大了志愿兵在部队的编配比例，另一方面采取有效措施，延长了志愿兵的服役期限，以保留部队的技术骨干。

在兵员的补充方面，征募的范围将进一步扩大，征募的手段将更加先进。近年来，相当一部分实行义务兵役制的国家面临兵源短缺的问题，为了寻求解决的办法，还采取扩大征募范围、调整征募条件和改进征募手段等措施，以适应未来军队作战对兵员补充的需要。在征募对象上，由主要征募高中毕业生扩展到社会各类人员。在征募条件上，由重视兵员的体能向重视兵员的专业技能转化。在征募的性别上，由只征募男性向增大女性征募比例转化。在征募手段上，将更广泛地运用先进的信息技术，提高征募工作效率。

在预备役制度方面，"现役与预备役一体化"的趋势将更为明显。近年来，随着各国军事战备的调整，现役部队规模的压缩，预备役部队的地位和作用明显增强。因而许多国家开始把武装力量建设的重心逐步转向过去一向不被人们重视的后备力量建设上。特别是在预备役制度方面，提出了"现役与预备役一体化"的主张，并在实践中逐步加以推广和运用。即现役与预备役的服役期限上逐步融合，现役与预备役在征募方式与标准上趋于一致，现役与预备役人员在福利待遇上的差距日益缩小。

三、我国现行兵役法制的评析

我国现行的兵役法制经历过 3 次重大的变革，每一次变革都力图适应军队和国防建设的需要。3 次变革，都是以制定或者修改国家兵役法为标志的。

(一) 1955 年制定第一部兵役法——从志愿兵役制到义务兵役制

新中国兵役制度的第一次重大改革开始于 1955 年。此前，我国仍沿用在革命战争年代长期实行的"绝对的自愿制"。新中国成立后，武装斗争的任务已基本完成，人民军队所担负的使命也由"以武装的革命对付武装的反革命"，变为维护国家主权和领土完整，保卫国家安全。而维护国家主权和领土完整，保卫国家安全理所当然地是全体社会成员的共同责任。这是取消"绝对的自愿制"，实行义务兵役制的一个最重要的前提。1955 年 7 月 30 日，第一届全国人民代表大会第二次会议审议通过了《中华人民共和国兵役法》。该法规定"中华人民共和国年满 18 岁的男性公民，不分民族、种族、职业、社会出身、宗教信仰和教育程度，都有义务依照本法的规定服兵役”。义务兵役制从1956年开始实行，到1957年，基本上完成了由志愿兵役制向义务兵役制的转变。

义务兵役制的实行，使大批青年特别是有文化的青年应征入伍。兵员文化程度的提高，适应了军队武器装备的更新和军事训练水平的提高，促进了人民解放军正规化、现代化建设。同时，由于义务兵的服役期限较短，兵员的轮换周期加快，不仅为国家经济建设输送了大量的人才，而且有效地提高了后备力量的质量，从而有利于国家实现寓兵于民的国防发展战略，以便集中有限的财力、物力以发展经济。

（二）1984年修改兵役法——从义务兵役制到义务兵为主体的义务兵与志愿兵相结合的兵役制度

新中国兵役制度的第二次重大改革开始于1978年。实行义务兵役制的23年间，国防和军队建设曾受到“文化大革命”的影响，仍有较大的发展。特别是随着我国国防科研和兵器制造水平的提高，大量技术含量较高的国产武器装备装备部队，大幅度提高了部队的现代化水平。士兵需要学习和掌握的军事技术越来越复杂，许多关键技术岗位的士兵因服役期较短而很难胜任工作，军队建设和作战需要与义务兵役制之间的矛盾日益显现出来。1978年3月7日，第五届全国人民代表大会常务委员会第一次会议作出了《关于兵役制问题的决定》，改单一的义务兵役制为义务兵与志愿兵相结合的兵役制度。同年11月，中央军委颁发了《中国人民解放军部分义务兵改为志愿兵的实施办法》。1984年5月31日颁布的《中华人民共和国兵役法》对此加以确认。实践证明，在当时条件下，坚持以义务兵为主体，义务兵与志愿兵相结合的兵役制度，既保持了义务兵役制的优点，又弥补了它的不足，两种制度相得益彰，较好地适应了国家经济建设和国防建设的需要。

（三）1998年修改兵役法——从义务兵为主体的义务兵与志愿兵相结合到义务兵与志愿兵相结合的兵役制度

新中国兵役制度的第三次重大改革开始于1998年。是年12月29日，第九届全国人民代表大会常务委员会第六次会议审议通过了重新修改的《中华人民共和国兵役法》。此次兵役制度的修改有三处特别引人注目：第一，取消了“以义务兵为主体”的提法；第二，试行从社会上直接招募志愿兵；第三，志愿兵实行分期服役制，服役达最高年限者可享受退休待遇。这表明：志愿兵役制在兵役制度中的地位显著提高。现行的两种兵役制度——义务兵役制与志愿兵役制已无主次之分，预示着今后在人民军队的士兵行列里将出现更多的服志愿兵役者；试行从社会上直接招募志愿兵，使志愿兵役制有了与之相配套的募兵手段，预示着人民军队今后将通过征兵与招募两种方法获得所需的兵员；服役达一定年限的志愿兵可享受家属随军、退休等待遇，大大增强了志愿兵的职业性质。

我国现行的兵役法制是具有中国特色的社会主义法制，是适应我国国情和军情的。目前，我国改革开放和社会主义市场经济正在继续深入发展，社会生活和经济生活仍处于重大的调整时期。因此，现行的兵役法制难免已经或将要出现需继续变改的问题。与国家其他法制一样，对兵役法制的继续改革势在必行。

四、我国兵役法制改革与完善的路径选择

中外兵役法制的历史发展和改革实践表明：一个国家选择

何种兵役制度，主要是由一定时期的社会政治、经济、军事以及历史、文化、地缘等多方面因素决定的。在我国目前改革开放和社会主义现代化建设的新时期，复杂多变的国际形势、以高科技广泛应用为标志的世界范围内新一轮军事革命迅猛发展以及我国改革开放不断深化给社会政治、经济诸方面带来了许多新情况，要加快国防和军队现代化步伐，就要适时调整改革兵役法制。笔者认为，我国兵役法制调整改革必须从我国的国情、军情出发，遵循兵役法制自身的发展规律，从历代兵役法制中继承传统，从国外兵役法制中汲取精华，从国防和军队现代化发展着眼改革。

（一）从历代兵役法制中继承传统

兵役法制，作为一种广义的文化现象，是人类社会文明进步和发展的重要标志。我国历代兵役法制以各历史时期的物化文化为基础，是一定时期制度文化的结晶，深受一定的观念文化的影响。它所具有的丰富的思想文化内涵，对我们今天的兵役法制建设仍具十分重要的借鉴价值。其中，重视兵役法制建设、寓兵于民的思想、实行精兵政策和致力国富兵强的种种做法，就是我国兵役法制的优良传统，值得我们在今天的兵役法制建设中很好地予以继承。

第一，重视兵役法制建设。我国自古以来就十分重视制度建设在富国强兵中的地位和作用。春秋时期的政治家管仲提出“纵强以制”（《管子·兵法》），他“作内政而寓军令”（《管子·小匡》），终使齐国日趋富强，“九合诸侯，一匡天下”，成就了一代霸业。《孙膑兵法·篡卒》指出：“兵之胜，在于篡（选）卒，其勇在于制，其巧在于势，其利在于信，其德在于道。”将“制”放在前列而加以强调，认为军队是否勇敢善战，取决于兵制，从而突出了兵制的重要作用。唐代史学家杜佑在《通典》一书的《兵典》“兵序”

中指出："若制得其宜则治安，失其宜则乱危。"明初宋濂等人编纂的《元史》于"兵志"内写道："故兵制之得失，国势之盛衰系焉。"这些兵制思想，对于今天的兵役法制建设仍具重要的启示作用，我们要建设强大的国防和现代化军队，同样离不开科学的兵役法制体系。

第二，贯彻寓兵于民的思想。在中国历史上，社会制度的更迭，战争活动的延续，思想文化的嬗变，都直接或间接地推动了兵制思想的发展。虽然不同历史时期的兵制思想呈现出不同的特点，但是，寓兵于民、兵农合一的兵制思想贯穿历代兵役法制建设的始终。南宋时期的兵学家陈傅良在其所著的我国现存的第一部军制通史《历代兵制》中指出：历代兵役法制，都主张兵农合一，寓兵于民，爱惜民力，反对兵农分离，征调无度。今天，人民军队的性质决定了我国兵役制度必须继承寓兵于民的思想传统，在兵役法制的调整改革中，要坚持军民结合、全民自卫的方针，实行精干的常备军与强大的国防后备力量相结合，切实按照平战结合、军民结合、寓兵于民的要求，普及和加强国防教育，完善国防动员体制，提高国防动员能力。

第三，实行精兵政策。在我国历代兵役法制中，对兵员的资格条件和征集范围均有严格规定。夏、商、西周时期的族兵制均以居住在都城及其郊区的"邑人""国人"为士兵的主要来源，西周时期便有现役和预备役之分(前者称"正卒"，后者为"羡卒")；春秋战国时期，社会生产力的发展，武器装备的改进，战争规模的扩大等，对兵员的数量和质量提出了新的要求，对应募者的条件要求较高。"魏氏之武卒，以度取之。衣三属之甲，操十二石之弩，负服矢五十个，置戈其上，冠带剑，赢三日之粮，日中而趋百里。"(《荀子·议兵》)在我国历代兵制中一般都有较为严格的兵员遴选、择材编伍、因能而用的制度规定，继承这些兵制思想传统，就是要求我们的军队走有中国特色的精兵之路，严格按照政治合格、军事过硬、作风优良、纪律严明、保障有力的总要求，实现军队由数量规模型向质量效能型、由人力密集型向科技密集型转变。

第四，奖励耕战，致力富国强兵。在中国历史上，围绕富国强兵，委积为备问题，产生了一系列卓越的耕战思想。《管子·治国》指出："国富者兵强，兵强者战胜，战胜者地广。"《管子·重令》也说："地大国富，人众兵强，此霸王之本也。"《孙子兵法·军争篇》曰："是故军无辎重则亡，无粮食则亡，无委积则亡。"因此，《管子·治国》进一步指出："凡治国之道，必先富民。"在今天，继承这些耕战思想，就是要树立"强兵必先理财"，坚持国防建设服从和服务于国家经济建设大局、国防建设与经济建设协调发展的方针，国家坚持以经济建设为中心，国防建设服从和服务于这个大局。同时，国家必须随着经济的发展而努力增强国防实力，大力支持军队加强质量建设，形成国防建设和经济建设相互促进、协调发展的机制。

（二）从国外兵役法制中汲取精华

国外兵役法制虽因各自国情、军情与民情的不同而各具特色，但其中不乏值得我国兵役法制吸取的精华。

首先是兵役法制要适应国家的政治、经济、军事情况。在国外，各国经济上的差异，形成了对兵役总体制度的不同选择。我国是发展中国家，经济还比较落后，国家还拿不出更多的钱来用于军队建设，完全实行志愿兵役制缺乏可靠的经济基础。鉴于我军武器装备水平状况和国防建设的多层次需要，我国必须保持一定规模的军队，必须实行义务兵与志愿兵相结合的兵役总体制度。

其次是兵役法制改革要有利于保证兵员的数量和质量。美军通过观察研究发现，文化高的青年不但反应快，接受能力强，而且情绪稳定有自控力，违纪问题少。目前，我军士兵质量的主要问题不在于政治和身体素质，而在于文化素质偏低，我们可通过调整征集时间、扩大兵员征集范围等途径，拓宽兵员选择面，有效保证兵员征集的数量和质量，即确保兵员“来得了”“质量好”。外军在士兵服役制度方面，通过扩大志愿兵比例、调整志愿兵专业结构、实行志愿兵分期服役制和缩短义务兵服役期限，有效地解决了技术骨干“留得住”的问题，这也很值得我军效法。我们还要适应“现役与预备役一体化”的国际趋势，在加强质量建军的同时，参照国外以军事素质为主要依据划分预备役人员类别的办法，进一步改革和完善我国的预备役制度，达到战时“用得上”的目的。

再次是兵役法制改革要解决兵役义务与权利不平衡的问题。国外实行义务兵役制的国家通常采取缩短服役期限、实行替代役、提高士兵及家属的福利待遇等措施来调整兵役义务与权利不平衡的问题。在我国，每年应征服现役的公民只占适龄青年的1.6%左右，即“少数人当兵，多数人不当兵”。由于公民不能均等地服兵役，这就决定了服役公民所尽义务应具有偿性，因而也就不可避免地带来兵役义务和权利不平衡的问题。我们应克服过去“重义务、轻权利”的思想观念，通过采取对义务兵及其家属实行优待政策、对预备役工作实行社区化管理和对退伍安置工作逐步实现社会化保障等改革措施，逐步提高士兵的福利待遇，合理调整兵役工作中的各种利益关系，妥善解决个人、单位之间兵役负担不合理和兵役义务与权利不平衡的问题。

（三）从国防现代化发展着眼改革

国防现代化的内涵，应包括国防战略的现代化、武器装备的现代化、掌握武器装备人员的现代化。其中军事人员的现代化，有着重要的决定意义。一支现代化的武装力量，其成员的素质应该是掌握现代科技文化知识的、高质量的、一流的。因此，兵役法制的改革，就需要围绕提高和保证军队组成人员素质下功夫。

一是要科学确定兵员征集范围。现行兵员的征集范围需要进行调整，调整的内容应为：(1) 所征兵员必然全部是高中以上文化程度；(2) 在全日制大学(含大专)在校生中确定一定的征集比例。根据全国适龄青年的数量和在校大学生征集试点的情况看，这样做是完全可行的。一支高文化兵员组成的军队，无疑为军队的现代化打下扎实的素质基础。

二是要合理调整军队中志愿兵与义务兵比例。综观世界各国军队，尤其是发达国家的军队，实行志愿兵制已是普遍的现象，这是军队建设高合成、高科技，武器装备现代化的必然要求。扩大我军志愿兵比例已势在必行。笔者认为，志愿兵所占的合适比例为总兵员的三分之二为宜。其一，这样的人数能够满足我军掌握现代化武器装备人员的需要。其二，我军必须保留三分之一的义务兵，这一方面是由于部分警卫部队、后勤保障部队(如武警部队等)服役 2 年的义务兵完全能够胜任，部分集团军的野战步兵也可胜任。这会减轻相当一部分的军费开支。在我国目前和今后相当一个时期，国家为军队的经济负担都不能太大。另一方面，保留三分之一的义务兵，实行征兵制，能有利于增强全民国防意识，使兵役义务人人有责的观念深入人心，一旦出现战争，能使国家立即转入战时兵员动员状态，能使军队随时得到源源不断的兵员补充。

三是要适时改善军人的福利待遇。一个时期以来，由于过于强调军队和军人的艰苦奋斗和无私奉献，当然还有国家经济不发达的原因，我们国家对军队、军人的物质待遇处于世界上的较低水平。这无疑是有碍于军队发展的。比如,军队福利待遇过低,就失去了对优秀青年的吸引力,兵员的质量就提不高。笔者去年去美国考察兵役工作,美军士兵退役时政府发给 3.7 万美元的补贴,相当于我军退役士兵补贴的 300 倍。连处于第三世界发展中国家的阿根廷,士兵服役时的月津贴也有 700 美元,是我军士官津贴的五六倍。在世界上绝大多数国家,现役军人的福利待遇都高于至少是等于相仿的社会群体。因此,随着国家经济的发展,适时提高军人的福利待遇,使之与社会生活水平相适应是十分必要的。

四是要切实提高军队的社会地位。随着战争年代的远去,和平时期的延长,人们的国防观念淡薄是不争的事实,漠视军队作用和地位的现象依然存在。如:对军队骨干的军官退出现役的安置,各地都规定要低于军队职务安排,有的低一个职级,有的低几个职级,这就客观上产生了军队干部贬值,使军队和军人的社会地位不如地方部门和地方干部。其后果是:相当部分的年轻军官不安心军队工作,而想尽早转业地方工作。再如:国家军费开支虽然在不断增加,但其总量和占国民经济的比例,远远低于发达国家,甚至许多发展中国家都比我们高。其直接后果是:军事科研滞后,武器装备落后,国防实力与国家地位失衡。还有,由于军队和军人的经济地位不高,加上宣传部门对国防教育的宣传不够,军队和军人在人们的心目中处于中等甚至偏下地位。一位西方哲人说过:如果军人的地位还不如大腹便便的商贾,那么这个国家的灭亡就不足为奇了。笔者认为,这绝不是危言耸听。看看我国的周边形势,看看霸权主义横行霸道的所作所为,就不难得出结论。我们只有在发展经济的同时,增强经济实力、国防实力和民族凝聚力,才能立于不败之地。

五是要尽快健全兵役工作机构。在我国,兵员征集既是一项执法行为和社会性工作，又是一项重要的政治任务。这么一项事关大局的工作，目前却存在着工作机构不健全的问题：全国相当部分省、区、市，承办兵员征集的征兵办公室还处于非常设状态，这对保证兵员征集质量十分不利。20世纪50年代，全国省、自治区、直辖市和县级都设有兵役局和兵役委员会，统管征兵、优待和安置以及民兵工作。60年代，各级兵役局和兵役委员会撤销，征兵和民兵工作明确由省军区、军分区、县级人武部主管，优待安置划归民政部门承办。为使征兵工作有具体承办部门，1984年兵役法规定，征兵期间由军地共同成立征兵办公室。由此，不少征兵办公室处于非常设状态，不能成为兵役执法主体，这给工作带来的不利是显而易见的。1998年修改兵役法时，从法条上调整了这一规定，明确征兵办公室是常设机构。但要落实这一规定还有许多工作要做。笔者认为健全兵役工作机构要尽快实施，可以考虑做好以下两项工作：(1) 国家设立兵役总局，省、区、市及县设立兵役厅局。国家和省、县级兵役机构纳入政府编制，人员由军地双方组成，明确其领导原则为：军地双重领导下的政府机构。其理由是：征兵是直接为军队服务的，同时又是国家和政府行为。(2) 将征兵、优待、安置统一纳入兵役机构的工作职责，便于统一协调工作，避免互相掣肘。因为本来这三项工作都从属于兵役工作，都是政府行政行为。

马克思指出："随着新作战工具即射击火器的发明，军队的整个内部组织就必然改变了，各个人借以组成军队并能作为军队行动的那些关系就改变了，各个军队相互间的关系也发生了变化。"(《马克思恩格斯选集》第一卷，人民出版社，1972年版，第363页)世纪交替，千年更迭，人类社会的发展正在掀开新的篇章。当今时代，经济全球化趋势增强，科技革命迅猛发展，世界军事领域发生深刻变革，国际竞争更加激烈。世界大势，浩浩

在东方网和主持人一起与网友聊天

荡荡，顺之则昌，逆之则亡。各国着眼于适应军队和国防建设的新要求，相应地调整和改革本国的兵役法制。我国正处于改革开放和社会主义现代化建设的关键时期，面临继续推进现代化建设、维护世界和平和促进共同发展、完成祖国统一的三大任务，军队和国防的现代化建设也是其中的重要内容。适应我国军队和国防现代化建设的新要求，应对我国社会经济、政治、文化诸方面不断发展的新形势，进一步调整和改革我国的兵役法制，既是与时俱进的客观要求，也是势在必行的必然选择。

（本文为作者2003年华东政法学院本科毕业论文，同年编入《毕业生优秀论文集》[中国法制出版社]，作为华东政法学院法学院教材）

提高依法行政水平，推进全市兵役工作的发展和进步

为了帮助新进兵役部门工作的同志们了解掌握兵役法规知识和征兵工作程序规范，增强依法征兵的思想观念和提高工作能力水平，同时取得领取上海市行政执法证资格，我们举办这一次业务学习培训。下面，我讲六个方面的内容，与大家一起学习探讨进一步搞好本市依法征兵工作的有关课题：一是关于征兵工作的性质和地位；二是关于征兵工作的法律依据；三是关于征兵工作的程序和规范；四是关于征兵工作面临的新形势和新问题；五是关于实行依法征兵、坚持廉洁征兵，推进兵役工作信息化管理；六是关于提高依法行政水平，实现本地区兵役工作与时俱进。

一、关于征兵工作的性质和地位

本市的征兵工作在市委、市政府和上海警备区的正确领导下，在各区、县党委、政府和兵役机关的努力工作下，在各级职能部门的大力支持下，尤其是在国家兵役法律法规和《上海市征兵工作条例》的规范下，取得了优良的工作成绩，依法征兵的规范化程度和所征兵员的质量走在了全国的前列，依法征兵的机制已经形成，兵役机关依法征兵形成制度，公民、法人和其他组织履行兵役义务成自觉行为，征兵工作适应了国防和军队建设的

需要、适应了本市三个文明建设的形势、适应和符合人民群众的根本利益。1994 年,本市制定颁布了《上海市征兵工作条例》,教育、优待、惩处三项并举,征兵工作实现了行政手段为主向法律手段为主的转变。2002 年,市人大常委会对《条例》进行了修改,将征兵、优待、安置全部纳入法制轨道,成功实施了征兵方法、优待政策和安置方式三项改革,实现了征兵工作的与时俱进。征兵工作的实践表明:征兵工作是一项政治任务、执法行为和社会性工作,是国防和军队建设的基础。

1. 征兵工作是一项战略性的政治任务。征兵工作的政治地位是由它的法律定位和政治意义决定的。我国宪法明确规定:保卫祖国、抵抗侵略是每一个公民的神圣职责,依法服兵役和参加民兵组织是公民的光荣义务。宪法第二章中规定了我国公民基本权利和义务,其中第五十五条规定:"保卫祖国、抵抗侵略是中华人民共和国每一个公民的神圣职责。""依照法律服兵役和参加民兵组织是中华人民共和国公民的光荣义务。"把保卫祖国、抵抗侵略、服兵役和参加民兵组织的职责和义务,确定为"神圣"和"光荣"的性质,其法律定位之高、政治意义之重是不言而喻的。对于公民服兵役,世界各国的宪法或兵役法都有十分严格的规定,因为这关系一个国家赖以存在的安全保障。因此,我国从中央到地方,各级党委、政府都把征兵作为政治任务,高度重视,党政一把手都亲自抓。对这一点,大家都是十分清楚的。我们区县武装部都有 1 名领导是同级党委常委,乡镇、街道的武装部长都法定为同级副职和党委委员,这就是我们武装工作、兵役工作政治地位的体现。我们要深刻领会征兵工作政治任务的性质,进一步端正征兵工作的指导思想,正确处理好经济建设与国防建设的关系。我们要增强命令意识,征兵工作是以命令的形式下达的,必须不折不扣地执行。要将征兵工作摆上重要位置,“把征兵工作作为任期责任制中的重要任务来完成。”按级负责,一级抓一级,逐级抓落实。

2. 征兵工作是政府的行政执法行为。1997年,党的十五大确立依法治国、建立社会主义法治国家的基本方略。1999年,第九届全国人大二次会议将其载入宪法。党的十六大把发展社会主义民主政治、建设社会主义政治文明,作为全面建设小康社会的重要目标。“发展社会主义民主政治,最根本的是要把坚持党的领导、人民当家作主和依法治国有机结合起来。”“依法治国是党领导人民治理国家的基本方略。”依法治国,要求国家是法治国家,社会是法治社会,政府是法治政府。依法行政是依法治国的重要组成部分。新一届国务院成立伊始,就提出了科学民主决策、依法行政、行政监督三项原则,据此,各级政府与政府各部门加强了制度建设,严格行政执法,强化行政执法监督,依法行政能力和水平不断提高。本届市政府也提出了建设责任政府、法治政府和服务政府的目标,更加强化了政府责任意识,注重依法办事,政府信息以公开为原则,以不公开为例外。征兵工作是国家和政府对公民的行为,依法治国、依法行政落实到征兵工作上,就是要实行依法征兵,这就要求我们征兵部门依法开展征兵工作,要求公民、法人和其他组织依法履行兵役义务。《中华人民共和国兵役法》和《上海市征兵工作条例》,都对各级政府、职能部门和各级兵役机关在征兵工作中的权力和义务作了明确的规定。因此,做好征兵工作是法律赋予我们征兵部门的重要职责,我们必须从依法治国、依法治市的高度认真地履行好自己的职责,严格按照依法征兵的各项程序,依法规范地开展征兵工作。

3. 征兵工作是社会性工作。征兵工作涉及社会的方方面面,关系到千家万户。征兵工作搞得好不好,事关三个文明、和谐社会建设，事关党的形象、政府的形象和人民军队的形象，也事关社会的稳定。多年来，在市委、市政府和警备区的正确领导下，在各级、各部门的共同努力下，本市大力开展了爱国主义教育和国防教育，同时，优化义务兵及其家属优待、安置政策，不仅在全市形成了适龄公民踊跃参军的良好局面，也进一步带动和促进了全市的两个文明建设，巩固和发展了安定团结的政治局面。当然，我们也应当看到，在征兵过程中，有的单位还不同程度地存在着工作作风不深入、政策规定不够落实、宣传教育不到位等问题。有的群众对个别单位的征兵工作还有一些意见，出现了群众上访情况等。这些都不利于社会的稳定，必须引起我们的高度重视。

4. 征兵工作是国防和军队建设的基础。党的十六大报告指出，“建立巩固的国防是我国现代化建设的战略任务，是维护国家安全统一和全面建设小康社会的重要保障。”巩固的国防要由强大的军队来支撑。没有巩固的国防和强大的军队，国家的生存和发展就没有保障。征兵工作是国防与军队建设的基础性工作，征集兵员的质量直接关系到军队的素质，征兵工作搞得好不好，事关军队建设的大计。毛泽东同志早就指出：军队的基础在士兵。江泽民同志曾多次强调，军队要能够“打得赢”、做到“不变质”。这既是对军队建设的根本要求，也是征兵工作的方向和目标。我们只有做好征兵工作，向部队输送较高文化素质的合格兵员，士兵才能掌握和运用现代化的武器装备，为“打得赢”创造必要的条件；我们只有把思想好、品德好、作风正的有志青年征入部队，才有助于我军经受长期相对和平环境的考验，保持人民军队的纯洁性和先进性，为“不变质”奠定坚实的基础。

二、关于征兵工作的法律依据

1. 关于兵役制度的规定

兵役制度是国家关于公民参加军队和其他武装组织、承担军事任务或在军队外接受军事训练的一项重要的军事制度。它随着国家的出现而产生，又随着国家的经济情况、政治制度和军事需要而变化。

兵役制度的种类很多，就其性质而言，基本上分为两种：一种是义务兵役制，又称征兵制。这种制度是国家利用法律形式规定公民在一定的年龄内必须服一定期限的兵役，带有强制性。另一种是志愿兵役制，又称募兵制。这种制度是公民自愿应招到军队服兵役，并与军方签定服役合同。

中国人民解放军自 1927 年建立以来实行的兵役制度，大体经历以下几个发展阶段：

从建军之日起到建国初期的 1954 年，一直实行的是志愿兵役制。自愿参军的人员，长期在军队服务。

从 1955 年开始实行义务兵役制。1955 年 7 月 30 日，第一届全国人民代表大会第二次会议通过了中国第一部兵役法，中国人民解放军开始实行义务兵役制。兵役法规定的义务兵服役年限为：陆军 3 年，空军 4 年，海军 5 年。1965 年经第三届全国人民代表大会决定，改为陆军 4 年，空军 5 年，海军 6 年。1967 年，中共中央、国务院、中央军委、中央文革小组决定改为陆军 2 年，空军 3 年，海军 4 年。

从 1978 年起实行义务兵与志愿兵相结合的制度。1978 年 3 月 7 日第五届全国人大常委会第一次会议，讨论批准了《关于兵役制问题的决定》。决定指出，为了加速我军革命化、现代化建设，决定实行义务兵与志愿兵相结合的兵役制度。根据部队需要和本人自愿，将部分义务兵改为志愿兵，并对现行义务兵的服役年限作适当延长。从 1978 年起，义务兵服现役的时间又恢复了 1955 年的规定，服役年限分别为：陆军部队的战士 3 年；空军、海军陆勤部队和陆军特种技术部队的战士 4 年；海军舰艇部队、陆军船舶分队的战士 5 年。

1984 年 5 月 31 日，第六届全国人民代表大会第二次会议审议通过了重新修订的《中华人民共和国兵役法》。兵役法第二条规定："中华人民共和国实行义务兵役制为主体的义务兵与志愿兵相结合、民兵与预备役相结合的兵役制度。"新的兵役法又将士兵的服役年限规定为陆军 3 年，空军、海军 4 年。

1998 年 12 月 29 日，第九届全国人大常委会第六次会议审议通过了《中华人民共和国兵役法修正案》。兵役法修正案对《兵役法》11 个条款进行了修改，新增加了 3 个条款。现行兵役法删掉了原兵役法中的"义务兵役制为主体"的提法，保留了"两个结合"的基本制度。规定"中华人民共和国实行义务兵与志愿兵相结合、民兵与预备役相结合的兵役制度"。新修订的兵役法将陆、海、空军义务兵服现役期限一律改为 2 年。取消了超期服役的规定。

2. 关于兵役执法主体的规定

《中华人民共和国兵役法》(1984 年 5 月第六届全国人大第二次会议通过，1998 年 12 月第九届全国人大常委会第六次会议《关于修改〈中华人民共和国兵役法〉的决定》修正)第十条规定："全国的兵役工作，在国务院、中央军事委员会领导下，由国防部负责。""各军区按照国防部赋予的任务，负责办理本区域的兵役工作。""省军区(卫戍区、警备区)、军分区(警备区)和县、自治县、市、市辖区的人民武装部，兼各该级人民政府兵役机关，在上级军事机关和同级人民政府领导下，负责办理本区域的兵役工作。”“机关、团体、企业事业单位和乡、民族乡、镇的人民政府，依照兵役法的规定完成兵役工作任务。兵役工作业务，在设有人民武装部的单位，由人民武装部办理；不设人民武装部的单位，确定一个部门办理。”

国家《征兵工作条例》(1985 年 10 月 24 日由国务院、中央军委发布，根据 2001 年 9 月 5 日《国务院、中央军事委员会关于修改〈征兵工作条例〉的决定》修订)规定：“全国的征兵工作，在国务院、中央军事委员会领导下，由国防部组织实施，具体工作由国防部征兵办公室承办。”“各军区负责本区域的征兵工作，具体工作由军区征兵办公室承办。”“省军区(卫戍区、警备区)、军分区(警备区)和县、自治县、市、市辖区(以下简称县、市)的人民武装部兼各该级人民政府的兵役机关。县以上地方各级人民政府应当组织兵役机关和公安、卫生及其他有关部门组成征兵办公室，负责办理本区域的征兵工作。”《条例》同时规定：“机关、团体、企事业单位和乡、镇的人民政府以及街道办事处，应当依据县、市的安排和要求，办理本单位和本地区的征兵工作。”

《上海市征兵工作条例》(1994 年 10 月 20 日上海市第十届人民代表大会常务委员会第十三次会议通过。1997 年 10 月 17 日上海市第十届人民代表大会常务委员会第三十九次会议《关于修改〈上海市征兵工作条例〉的决定》第一次修正。2002 年 6 月 20 日上海市第十一届人民代表大会常务委员会第四十次会议《关于修改〈上海市征兵工作条例〉的决定》第二次修正)以《宪法》和《兵役法》为依据，结合本市征兵工作的实际，确立市和区、县政府征兵办公室的执法主体地位。《条例》第五条规定：“市人民政府和上海警备区领导本市的征兵工作。市人民政府征兵办公室负责办理全市的征兵工作。”“区、县人民政府领导本区、县的征兵工作。区、县人民政府的兵役机关会同有关部门组成征兵办公室，负责办理本区、县的征兵工作。”第三十六条至第四十四条规定：对违反本条例规定的行为，由市和区、县人民政府征兵办公室责令改正，经教育不改的，给予相应的行政处罚或行政处分。

3. 关于征兵工作内容的规定

(1) 关于征兵宣传教育工作的规定。《上海市征兵工作条例》第二章就征兵宣传教育工作作了规定：征兵宣传教育工作按照国务院、中央军委的征兵命令以及市人民政府、上海警备区的征兵命令和其他有关规定进行。市和区、县人民政府应当加强征兵宣传教育工作的领导，并将其纳入爱国主义教育、国防教育和法制宣传教育规划。征兵宣传教育的具体工作由各级人民政府征兵办公室会同有关部门组织实施。

市和区、县人民政府的有关部门应当指导和支持乡、镇、街道以及其他单位开展征兵宣传教育活动。乡、镇、街道以及其他单位应当向公民进行爱国主义、革命英雄主义和依法服兵役的教育，鼓励公民依法履行兵役义务；在征兵工作期间，应当依法悬挂、张贴有关征兵工作的宣传品。

报刊、广播、电视等宣传部门应当加强以依法服兵役和参军光荣为内容的宣传教育。各类中等以上学校应当将兵役法制教育纳入德育教育大纲，并设置必要的课时。

(2) 关于兵役登记工作的规定。《上海市征兵工作条例》第三章就兵役登记工作作了规定：区、县人民政府征兵办公室负责本行政区域内的兵役登记工作。乡、镇人民政府和街道办事处承办本辖区的兵役登记工作。适龄公民在户籍所在地的乡、镇和街道参加兵役登记和应征。兵役登记工作应当在每年的九月三十日以前完成。

乡、镇人民政府和街道办事处应当按照市和区、县人民政府征兵办公室的要求，告示和书面通知户籍在本辖区内的适龄公民按时履行兵役登记手续，并在兵役登记工作结束时向区、县人民政府征兵办公室如实报告兵役登记结果。公安派出所应当根据区、县人民政府征兵办公室的要求，提供本地区当年适龄公民的名单以及其他有关情况。

适龄公民应当在每年规定的期限，携带本人居民身份证和学历证明或者携带兵役证到指定的兵役登记地点，履行兵役登记手续。适龄公民参加兵役登记应当视为出勤。适龄公民在履行兵役登记手续时必须反映本人的真实情况，不得隐瞒或者弄虚作假。

区、县人民政府征兵办公室在征兵工作中应当依据不同情况，如实在公民的兵役证上注明应征、缓征、免征、不征、拒征、已征，或者注明转服、免服、不服预备役等情况。当年经兵役登记确定的应征公民，在年度征兵工作结束前，未经市人民政府征兵办公室批准，不得出境。

本市征兵工作实行兵役证制度。兵役证由市人民政府征兵办公室印制，由区、县人民政府征兵办公室负责管理、审核和组织发放。兵役证不得转借、涂改和伪造。条例规定了兵役证保管和使用的要求：兵役证由适龄公民保管，遗失兵役证的，应当及时向发证单位申请补发；经兵役登记的适龄公民变更户籍所在地或者就业单位，应当及时到发证单位办理兵役登记变更的手续；十八至二十四周岁的男性公民，在就业（含临时就业）、就学、申请出境、办理工商营业执照或者其他专业证件时，应当向有关部门或者单位出示兵役证，有关部门或者单位必须予以查验。

（3）关于征兵体检、政审工作的规定。《上海市征兵工作条例》第四章就体检、政审工作作了规定：国家机关、社会团体、企业、事业单位应当根据市人民政府和上海警备区下达的征兵任务，组织应征公民参加体格检查，并且按照要求做好对应征公民的政治审查。

征兵体格检查工作在市和区、县人民政府征兵办公室统一组织和协调下，由市和区、县卫生部门负责实施。市和区、县人民政府的征兵办公室、卫生局以及有关医院抽调人员分别组成市和区、县征兵体格检查组，设立征兵体格检查站，组织实施体格检查工作。医务人员应当按照规定对应征公民实施体格检查。兵役登记后确定为应征公民的对象（包括已被招工、招干的），应当按照区、县人民政府征兵办公室的通知要求参加体格检查，并且如实反映健康状况。应征公民参加体格检查应当视为出勤。

征兵政治审查工作在市和区、县人民政府征兵办公室统一组织和协调下，由市和区、县公安机关负责实施。市和区、县公安机关负责抽调人员组成政治审查组，组织各承办单位对应征公民实施政治审查，有关单位和公民应当予以配合，如实提供情况。应征公民政治审查重点是查清本人现实表现。

政治审查工作人员应当遵守政治审查工作的各项规定和纪律。

(4) 关于新兵审定和交接输送工作的规定。《上海市征兵工作条例》第五章就新兵审定和交接输送工作作了规定：区、县人民政府征兵办公室应当根据应征公民所在乡、镇人民政府、街道办事处或者单位的意见，召集体格检查、政治审查等部门以及接兵部队集体审定兵员。

区、县人民政府和区、县人民政府兵役机关应当召集有关部门和接兵部队，依据军兵种对兵员的要求，在审定的兵员中，择优批准政治、身体、文化、年龄合格的公民入伍。

应征公民所在地乡、镇人民政府、街道办事处或者单位，应当将批准入伍的应征公民名单张榜公布，接受公民监督。被批准入伍的应征公民，应当履行兵役义务，其所在单位应当支持。

区、县人民政府征兵办公室办理应征公民的批准入伍手续，并发给《应征公民入伍通知书》。被批准入伍的公民凭《应征公民入伍通知书》到户籍所在地的公安派出所办理户籍注销手续。

“有关单位应当按时向区、县人民政府征兵办公室移交被批准入伍公民的档案材料。区、县人民政府征兵办公室应当在新兵输送一天前，在其所在地与接兵部队办理新兵及其档案材料的交接手续，并协助接兵部队将本地区的新兵安全、按时送达指定的车站、码头。”各级征兵办公室应当为部队接兵人员提供工作条件。在市和区、县人民政府领导下，部队接兵人员协助征兵办公室共同做好征兵工作。

4. 关于优待安置政策的规定

《中华人民共和国兵役法》规定：对城乡义务兵家属普遍由当地人民政府给予优待，优待的标准不低于当地平均生活水平。同时还规定机关、团体、企事业单位，不分所有制性质和组织形式，都有按照国家有关规定安置退伍军人的义务。

《上海市征兵工作条例》规定：本市应征入伍的义务兵及其家属，有权享受国家和本市规定的对义务兵及其家属的各项优待。义务兵及其家属优待金的支出纳入市和区、县人民政府的财政预算，其发放标准和管理办法由市人民政府制定。义务兵及其家属优待金用于义务兵家属的优待、缴纳义务兵个人的社会保险费和义务兵退役后的补助等方面。

条例规定，应征公民入伍后享受以下优待：原租赁的公房，租赁和使用权应当予以保留；其家庭住房分配或者拆迁配房时，应当享受与其他公民同等的待遇；原农村户籍所在地土地被征用的，应当享受与其他公民同等的待遇；本市应征入伍的义务兵及其家属，有权享受国家和本市规定的对义务兵及其家属的各项优待。

义务兵退役后，按照下列规定予以优待：报考国家公务员或者本市高等院校、中等专业学校的，按照有关规定予以优待。入伍前为城镇无业人员需要安置就业的，区、县人民政府有关部门应当提供相应的培训，并按照有关规定予以安置。任何机关、团体、企业、事业单位都有安置退役义务兵的义务。城镇义务兵退役后自谋职业的，由区、县人民政府给予一次性经济补助，并给予政策优惠。

义务兵在校入伍未完成学业的，退役后可以回原学校复学。义务兵在职入伍的，退役后可以回原单位复工复职，原单位给予的待遇不得低于同工龄的同类职工。

5. 关于追究法律责任的规定

国家和本市的兵役法规对故意逃避兵役、拒绝承担兵役义务、妨害兵役工作和擅自逃离部队等行为，设定了作出责令限期改正、处以罚款、限制就业范围、出国或者升学、行政处分、追究刑事责任等惩罚条款。例如：《上海市征兵工作条例》第七章就有关兵役行为的法律责任作了明确规定：

对违反本条例规定，有下列行为之一的单位，由区、县人民政府征兵办公室责令改正，经教育不改的，视情节轻重处以同地区当年义务兵及其家属优待金平均标准两倍以上十倍以下罚款：一是不按规定组织公民进行兵役登记的；二是隐瞒适龄公民人数或者不接受征兵任务的；三是不实施或者不配合有关部门对应征公民进行体格检查、政治审查的；四是阻挠公民参加兵役登记、体格检查或者应征入伍的；五是隐瞒真实情况、弄虚作假以及采用其他手段庇护公民逃避服兵役的；六是录用或者录取受到本条例第三十七条、第三十八条规定处罚的公民就业、就学的。对有前款行为的单位主要负责人和直接责任人，应当予以行政处分；情节严重的，区、县人民政府征兵办公室并可以对其处以同地区当年义务兵及其家属优待金平均标准五倍以下罚款。

单位违反本条例规定，不接受安置退役义务兵的，由市或者区、县人民政府安置部门责令限期改正，逾期不改正的，处以二万元以上二十万元以下罚款；对单位主要负责人和直接责任人，可以处以二千元以上二万元以下罚款。有关行政管理部门违反本条例规定，不依法履行职责的，市和区、县人民政府应当责令改正，经教育不改的，由其上级主管部门对其主要负责人和直接责任人给予行政处分。

从事征兵工作的人员在征兵工作中不依法履行职责，玩忽职守、弄虚作假、徇私舞弊、收受贿赂尚不够刑事处罚的，由其所在单位予以行政处分。

有逃避、拒绝兵役登记或者征兵体格检查的；隐瞒真实情况、弄虚作假情节严重的；被批准入伍后逃避、拒绝应征的；转借、涂改兵役证以及违反兵役证其他使用规定的行为之一的，经教育不改的，在职人员，由其所在单位予以辞退或者解除其劳动合同；待业人员，由劳动部门收回待业证；个体工商户，由工商行政管理部门吊销其营业执照。有前款所列行为之一的人员，一年内国家机关、社会团体、企业、事业单位和个体工商户不得录用或者录取，工商行政管理部门或者其他有关部门不得为他们办理工商营业执照或者其他专业技术证书，公安机关不得为他们办理出境手续；区、县人民政府征兵办公室并可以处以同地区当年义务兵及其家属优待金平均标准两倍以下罚款。

连续两年有前条所列行为之一，经教育不改的，或者入伍后在新兵训练期间擅自离开部队被除名的，两年内国家机关、社会团体、企业、事业单位和个体工商户不得录用或者录取，工商行政管理部门或者其他有关部门不得为他们办理工商营业执照或者其他专业技术证书，公安机关不得为他们办理出境手续；区、县人民政府征兵办公室并可以处以同地区当年义务兵及其家属优待金平均标准两倍以上五倍以下罚款。伪造兵役证的，由区、县人民政府征兵办公室处以五千元以上五万元以下罚款，伪造的兵役证予以没收。

违反本条例规定，应当给予治安管理处罚的，由公安机关依照《中华人民共和国治安管理处罚条例》的规定予以处罚；构成犯罪的，依法追究刑事责任。违反本条例规定，应当予以处分、处罚而有关部门未予处分、处罚的，市和区、县人民政府征兵办公室可以制发建议书，督促有关部门依法实施处分、处罚。依据本条例作出的行政处罚决定，应当出具行政处罚决定书。收缴罚款时，应当出具市财政局统一印制的罚没款收据。罚款全部上缴国库。

条例规定，当事人对区、县人民政府征兵办公室及其有关行政管理部门的具体行政行为不服的，可以依照《中华人民共和国行政复议法》或者《中华人民共和国行政诉讼法》的规定，申请行政复议或者提起行政诉讼。当事人对具体行政行为在法定期限内不申请复议，不提起诉讼，又不履行的，作出具体行政行为的行政管理部门可以申请人民法院强制执行。

三、征兵工作的程序和规范

1．6个主要工作程序。按程序办事，是现代社会科学管理的一个行之有效的方法。征兵工作千头万绪，唯有按程序办事，才能做到有条不紊，才能准确抓住各阶段的工作重点和主要矛盾，有序地开展工作。这些年来，全市逐步形成了比较科学的六个征兵工作主要程序，这就是：认真搞好兵役登记、切实搞好基层推荐、严格组织体格检查、严密实施政治审查、依法开展审批定兵、适时予以张榜公布(狭义的征兵工作即兵员征集，6 个工作程序。广义的征兵工作，有 23 项主要工作)。这六个征兵工作程序已成为各单位的习惯做法和工作模式，有效保证了全市征兵工作健康顺利发展。每年来上海接兵的部队同志，都对本市征兵工作的科学有序留下了深刻的印象。实践证明：六个工作程序的科学规范在程序方式上确保了全市征兵工作的顺利开展和征集兵员的高质量，它在区县人武部收归军队建制后工作人员流动较快的情况下，为保持依法征兵工作的连续性创造了有利条件。同时，也使征兵工作的组织实施形式与其他行业的工作形式趋于一致，使征兵工作在方式方法上适应上海依法治市的新形势。

2. 23 项主要工作。包括 4 项主要工作：兵役登记、兵员征集、执法检查、跟踪管理和 19 项其他工作。

3. 条块协调和配合。实行“属地属户”征兵，用人单位不再直接组织征兵工作，适龄青年一律到户口所在的区县及其乡镇、街道应征。由于“块”上(区县及其乡镇、街道)的协调工作有些不到位，“条”上(用人单位及其主管部门)的配合有欠缺，导致在职职工兵员数量明显减少，还存在几个区向同一个用人单位征集兵员、而有的用人单位有兵源却漏征的现象。针对这种状况，经报市政府和警备区同意，市征兵办拟制了《关于在“属地属户”征兵工作中加强“条”“块”配合和协调的通知》，要求进一步加强“属地属户”征兵工作中“条”与“块”的配合和协调，充分发挥“条”和“块”的工作优势，做到强“块”不弱“条”，形成征兵工作合力。

第一，要充分认识在“属地属户”征兵工作中加强“条”“块”配合和协调的重要性。征集优秀青年职工入伍是保证兵员质量的需要，有利于改善兵员结构，还能缓解政府安置退伍兵的压力。“属地属户”征兵后，区县政府征兵办及其乡镇、街道武装部要征集分散在全市的适龄职工，需做大量的协调工作。否则，势必使符合条件的适龄职工漏征，或者出现多个区、县在同一个用人单位征集新兵的情况，这不仅影响征兵任务的顺利完成，还会使完成征兵任务与完成生产任务人为产生矛盾。因此，区县政府征兵办及其乡镇、街道武装部必须加强与用人单位的工作协调，加强对征兵政策的宣传，增强用人单位依法履行兵役义务的自觉性，准确掌握户口在本行政区域、就业在外区县适龄职工的人数、分布、现实表现等情况，为顺利实施征兵工作和提高兵员质量打好工作基础。

第二，要在“属地属户”兵役登记工作中加强“条”“块”配合和协调。在“属地属户”兵役登记工作中，乡镇、街道要做好有关协调工作，取得本行政区域内用人单位的密切配合。

① 区县政府征兵办及其乡镇、街道武装部要主动协调用人单位支持适龄职工参加兵役登记。乡镇、街道武装部从派出所调取户口在本行政区域内的全部适龄男性公民的户籍资料时，要设法掌握适龄职工就业单位的有关情况。

② 用人单位要主动开展兵役登记有关工作。在每年 7 月底以前，用人单位要摸清本单位适龄职工人数和户口分布，按户口地统计当年本单位适龄男性职工的人数和名单，督促本单位的适龄公民按时到其户口所在地的乡镇、街道的登记站参加兵役登记，要为本单位的适龄公民参加兵役登记提供便利条件。

③ 用人单位在接到有关区、县政府征兵办通报的适龄职工

兵役登记情况后，要按规定的比例、数额、条件和要求，从本单位的应征职工中选出预征对象。推荐名单要及时反馈给其户口所在的区、县政府征兵办。所推荐预征对象数量的确定原则是：本单位上一年出兵数的3倍或本单位当年适龄公民数的四分之一，在本单位有预征对象的区、县数量比例相对均等。具体人选由区、县政府征兵办在听取出兵单位意见后确定。收到有关区、县政府征兵办反馈的预征对象通知书后，用人单位应做好预征对象的思想教育工作，并注意保护兵员。

第三，要在“属地属户”兵员征集中加强“条”“块”配合和协调。在兵员征集的全过程中，乡镇、街道要做好有关协调工作，取得本行政区域内用人单位的密切配合。

① 乡镇、街道武装部要加强与用人单位的协调工作力度。在确定送检对象时要与用人单位协商，防止征集对象集中在一个单位。协调沟通时要以区县政府征兵办名义与用人单位人武部联系，凡涉及11个直属局（公司）的，直接与直属局（公司）人武部联系。

② 用人单位要积极配合兵役部门做好相关工作。组织或督促本单位预征公民按时到区、县体检站参加体格检查，如实提供预征公民的病史调查情况。配合征兵政审部门对体检合格的预征对象进行政治审查，如实提供其现实表现情况和其他有关情况。

第四，要在兵役执法检查中坚持实行“以块为主、条块配合”的工作原则。全市的兵役执法检查遵循属地化原则开展，市和区、县政府征兵办为兵役执法检查主体，乡镇、街道武装部受区、县政府征兵办的委托对本行政区域内的公民、法人和其他组织履行兵役义务的情况实施检查。用人单位按要求落实自查制度和整改措施。

① 按“属地化”原则制发和回收兵役执法情况自查报告表。区、县政府征兵办在每年 3 月，对本辖区的兵役执法检查工作进行安排，制发兵役执法检查通知书，组织和指导乡镇、街道武装部和用人单位开展兵役执法普查和自查工作。

② 用人单位自查、自纠执行兵役法规中的问题。用人单位要依法做好兵役证制度在本单位的落实工作。要及时填报“单位兵役执法情况自查报告表”，由法人代表或主要负责人审核后签名，再送交所在地区的乡镇、街道武装部。

③ 通过兵役执法检查不断规范“条”和“块”的兵役行为。兵役部门在执法检查中，注重做好兵役法规宣传，依法对用人单位兵役执法方面存在的问题，及时发出整改通知书，指导和督促用人单位依法履行兵役义务。用人单位要将本单位根据整改通知书实施整改的情况和结果，以书面形式送交所在地区的区、县政府征兵办和乡镇、街道武装部。

第五，要在对义务兵及其家属的跟踪教育、管理和服务工作中加强“条”“块”配合和协调。每年冬季征兵结束后，乡镇、街道武装部要协调、督促和指导用人单位，“条”“块”配合做好应征职工义务兵及其家属的跟踪教育、管理和服务工作。

① “条”“块”配合协助部队做好新兵训练期间的思想教育工作。职工入伍后，要将本行政区域的职工新兵名单汇总，及时通报其工作单位。

② “条”“块”配合跟踪掌握应征职工服役期间的情况。用人单位要注意跟踪掌握应征职工服役期间的情况，配合区、县政府征兵办做好本单位在役义务兵人数和服役期间表现情况的统计工作，将相关报表及时报送其户口所在区、县政府征兵办。

③ “条”“块”配合与有关部门一起做好应征职工及其家属的优待安置工作。乡镇、街道武装部和用人单位要积极配合有

关部门做好应征职工及其家属优待金发放工作和其他优待工作，为义务兵及其家属排忧解难。

4. 乡镇、街道征兵工作规定

征兵组织方式由“条块结合”改为“属地属户”以后，乡镇、街道武装部的工作任务加重了，对武装部长的能力素质和工作水平的要求也提高了。2003 年，市政府征兵办在组织开展专题调研的基础上，根据国家《兵役法》《征兵工作条例》和修改后的《上海市征兵工作条例》的规定，拟制了《上海市乡镇、街道征兵工作若干规定》，进一步明确了乡镇、街道兵役工作职责，对乡镇、街道的征兵工作行为进行了规范。

第一，明确了领导职责和行为主体。规定中明确：乡镇、街道的征兵工作由乡镇、街道主要负责人领导和协调，由同级武装部具体负责，宣传、教育、公安、卫生、民政等部门配合。乡镇人民政府或街道办事处负责解决兵役登记和兵员征集的经费。

第二，规范了征兵宣传教育工作。宣传部门应当依法向本行政区域内的公民、法人和其他组织进行以爱国主义、革命英雄主义、兵役法规政策和端正入伍动机为主要内容的征兵宣传教育。征兵宣传教育要制定工作计划并有专人负责落实。

第三，规范了兵役登记工作。乡镇、街道武装部根据市和区、县征兵办的安排，规范有序地做好兵役登记工作。对本行政区域内适龄公民的兵役登记率不低于 90%。乡镇、街道派出所应按照武装部的要求，及时、无偿提供户籍在本行政区域的全部适龄男性公民的户籍资料。乡镇、街道武装部要具体做好兵役登记通告和兵役登记通知书的发放、兵役登记站的设置、登记审核和兵役登记数据的计算机管理等工作。

第四，规范了预征对象的推选工作。要求乡镇、街道武装部具体做到：

① 按照上一年出兵数 2 至 3 倍或者按出兵单位适龄公民数四分之一的比例，把政治思想好、文化程度高、身体健康的应征公民选定为当年的预征对象，在对其进行病史调查之后，及时向区、县征兵办推荐。

② 根据区、县征兵办确定的预征对象名单，及时向预征对象本人及其所在单位发出通知。建立与预征对象及其家长的联系制度，及时了解他们的思想动态，有针对性地做好工作。对在职职工预征对象，要及时通过区、县征兵办向所在单位通报，取得有关单位的支持。

③ 建立预征对象档案资料，详细记载预征对象的去向、分布和现实表现、身体、年龄、文化等情况，做到去向明、情况清、召得回。

第五，规范了征兵体检和政审工作。乡镇、街道武装部要择优选送参加体检的人员，组织预征对象及时到指定的地点参加体格检查。协调成立由公安派出所主要领导负责的政审工作班子，组织政审人员的业务培训，使其掌握有关政审政策规定，明确工作职责。征兵政审要遵循政审程序和工作规范，以查清政审对象的现实表现为工作重点，对其现实表现和主要社会关系的调查取证做到一个不漏、一环不缺、一清二楚，政审结论准确，政审材料内容齐全、用语规范、书写端正。

第六，规范了基层初定兵和组织送兵工作。要求乡镇、街道遵循集体定兵和择优挑选的原则，会同接兵部队将体检、政审合格，年龄和文化符合条件的应征公民初定为征集对象，并及时将初定兵名单报区、县征兵办。区、县定兵后，及时将新兵名单在其居住地和工作单位张榜公布。并按时将入伍通知书发给应征公民。周密组织欢送新兵工作，保证按时、安全将新兵送到本区、县集结地。

第七,规范了兵役执法检查工作。乡镇、街道要根据市和区、县征兵办的安排,在每年的3至5月组织本行政区域内的机关、企事业单位和其他组织开展兵役执法自查和普查工作。每年执法检查自查报告表送达率不少于本行政区域内法人和其他组织总数的30%,自查报告表回收率不低于90%。并积极配合市和区、县的兵役执法抽查工作。

第八,规范了对义务兵及其家属的跟踪教育、管理和服务工作。要求乡镇、街道武装部及时掌握新兵思想情况,有针对性地做好新兵经受艰苦生活磨炼的鼓励工作。对思想问题比较大的个别新兵,要派出人员配合区、县征兵办去部队做工作。做好当年度征集的义务兵人数及立功受奖等情况的统计上报工作,及时掌握并组织宣传义务兵及其家长的先进事迹。会同或者配合有关部门为义务兵及其家属排忧解难,根据优待、安置法规政策,落实义务兵及其家属的优待和退役义务兵的安置政策。

总之,乡镇、街道武装部在征兵工作中要当好服务员、协调员和宣传员。

四、关于征兵工作面临的新形势和新问题

我国已进入全面建设小康社会的新时期,社会政治、经济和人们的生活继续发生着深刻的变化,征兵工作已经并继续面临许多新情况和新问题。

首先是国防和军队现代化建设对征兵工作和兵员质量的要求越来越高。跨入新世纪,我国国防和军队建设进入跨越式发展的新阶段,这给征兵工作提出了很高的要求,在校大学生及地方非军事部门征招的士官比例逐年加大。科技强军、质量建军

战略，军队实现机械化、信息化，对兵员质量提出了越来越高的要求。

其次是改革的深化和社会的发展使征兵工作越来越难。当前，我国正进入全面建设小康社会的发展新时期，随着市场经济的发展，国有企业比重减少，新经济组织的增加，适龄青年的相当数量在非公企业就业；市场经济环境中人们的价值取向多样化、个人期望实际化、人生选择自主化；上海要不断提升城市国际化、市场化、信息化、法治化水平，全面推进物质文明、政治文明和精神文明建设，率先全面建成小康社会、率先基本实现现代化。所有这些，都势必对征兵工作提出了新的要求。

再次是工作对象现状与变化给征兵工作提出的挑战越来越多。目前，世界500强有281家落户上海，三分之二的企业为非公，一半以上青年在非公企业就业。适龄青年中独生子女的比重越来越大（本市已达90%以上），当代青年有文化、接受能力强、信息量广，但比较娇惯，缺乏吃苦精神。适龄青年家长都希望子女成人成才，成人先于成才，相当一部分家长有要求子女参军锻炼成人的愿望，而子女本人却缺乏这个愿望。在应征青年中，本人要求参军的只占三分之一，还有三分之一为父母因素，另外三分之一为法律制约。人们的行为受利益驱动现象比较明显。上述工作对象的现状与变化对征兵工作的方式方法提出了新要求，征兵工作必须有新的有力措施与手段。

还有征兵工作人员的变化情况。通过多年的努力，本市已经形成了三级征兵队伍。但是，我们应该看到，这支队伍的人员变化比较频繁，工作人员的兵役行为还有不够规范的地方，征兵工作手段还比较落后，需要我们继续采取措施有效增强征兵工作队伍依法征兵的工作能力和水平。

五、关于实行依法征兵，坚持廉洁征兵，推进兵役工作信息化管理

提高依法行政水平、实现本地区兵役工作的与时俱进，是摆在我们全体兵役工作者面前的历史使命。为促使本地区的征兵工作不断进步，不断适应国防和军队建设的需要，适应物质文明、精神文明和政治文明建设的需要，适应和符合人民群众的根本利益，我们要在以下方面继续努力：

一是要坚持做到“两个适应”。即努力使征兵工作适应国防和军队建设的需要，适应社会主义市场经济的需要。征兵工作的立足点和出发点是保证兵员质量，只有做到把优秀兵员征集到部队，才能适应我军“打得赢、不变质”的需要，适应从机械化到信息化跨越式发展的需要，适应精兵政策和质量建军的需要。改革开放和发展社会主义市场经济以经济建设为中心，实行按经济规律和市场规则办事，征兵工作必须采用与之相适应的应对手段，依法征兵是市场经济条件下搞好征兵工作的必由之路。

二是要遵循把握“两条规律”：即不断调动适龄公民及其家长履行兵役义务的积极性，严格规范兵役部门和公民、法人、其他组织的兵役行为。公民从军是加入有风险的行业，参军同时又意味着吃苦、吃亏和奉献。因此，征兵难是现代社会各国存在的永恒课题，搞好征兵工作必须调动适龄公民及其家长履行兵役义务的积极性。兵员征集是国家法律规定的执法行为，执法主体和工作对象都必须在法律规范下作为，规范兵役行为就显得十分重要。这是我们依法征兵十年工作的重要经验。我们要不断深化对征兵工作客观规律的认识，把握和遵循征兵工作的两条基本规律，不断适应形势发展变化的要求，掌握征兵工作的

主动权。

三是要充分发挥“两种作用”：即发挥各级政府征兵办的执法主体作用，发挥各级人武部的组织协调作用。征兵是政府行为、执法行为，依法办事是搞好征兵工作最有效的手段。要充分发挥各级征兵办的执法主体作用，完善征兵组织机构，加强征兵工作队伍建设，提高兵役部门兵役执法的能力和水平，这些是推进依法征兵工作的基本保证。

四是要切实坚持廉洁征兵。廉洁征兵直接关系到党、政府和军队的形象，关系到所征兵员的质量。征兵工作涉及社会的方方面面和千家万户，受市场经济负面因素影响越来越大是不争的事实。党和国家以及征兵领导机关历来十分重视廉洁征兵工作，以法律法规和专门规章的形式，对廉洁征兵作出了一系列规定。做好廉洁征兵工作，我们首先要熟悉、了解廉洁征兵的有关规定。

1.《中华人民共和国刑法》第 374 条规定：“在征兵工作中徇私舞弊，接送不合格兵员，情节严重的，处三年以下有期徒刑或者拘役；造成严重后果的，处三年以上七年以下有期徒刑。”

2.《刑法》第 385 条规定：“国家工作人员利用职务上的便利，索取他人财物的，或者非法收受他人财物，为他人谋取利益的，是受贿罪。”

3.《刑法》第 386 条规定：“对犯受贿罪的，根据受贿所得数额及情节，依照本法第三百八十三条的规定处罚。索贿的从重处罚。”

4.《中华人民共和国兵役法》第 65 条规定：“国家工作人员和军人在兵役工作中，有下列行为之一，构成犯罪的，依法追究刑事责任；尚不构成犯罪的，给予行政处分：（一）收受贿赂的；（二）滥用职权或者玩忽职守的；（三）徇私舞弊，接送不合格兵员的。”国家《征兵工作条例》第52条也规定：“国家工作人员或者部队人员在办理征兵工作时，应当严格执行征兵命令，确保新兵质量。对收受贿赂、徇私舞弊、滥用职权或者玩忽职守的，依照兵役法和有关法规的规定予以处罚。”

5.《上海市征兵工作条例》第37条中规定：“从事征兵工作的人员在征兵工作中不依法履行职责，玩忽职守、弄虚作假、徇私舞弊、收受贿赂不够刑事处罚的，由其所在单位予以行政处分。”

6. 总参谋部、总政治部、监察部《廉洁征兵若干规定》第二条规定：各级主管征接兵工作的领导、兵役机关、有关部门和征接兵人员，在征兵工作中必须做到：“（五）严格按规定对应征青年的政治、身体、文化、年龄情况进行审查，不准弄虚作假，为不符合条件的青年出具与事实不符的证明材料。”“（六）严格审批定兵制度，坚持集体审查把关，对预定新兵要在其所在乡镇、街道和单位张榜公布，听取群众意见。不准违反规定拉关系、走后门，为不合格青年入伍开绿灯。”“（七）严格要求，廉洁自律，不准利用征接兵谋取不正当利益，严禁吃请收礼、受贿索贿，严禁让新兵家长安排食宿、购买物品或提供交通工具、安排游览和娱乐性活动，严禁克扣新兵伙食费或让新兵垫支经费。”

7.《上海市廉洁征兵实施办法》第二条也规定：“本市的廉洁征兵工作，在市人民政府和上海警备区的领导下，由市、区县人民政府征兵办公室会同同级监察部门和接兵部队共同实施。”

8. 中共中央2003年制定颁行的《中国共产党纪律处分条例》，第七章第66条对违反征兵规定和政策的处分规定：“在干部、职工的录用、考核、职务晋升、职称评定和征兵、安置复转军人等工作中，隐瞒、歪曲事实真相或者利用职务上的便利违反规定为本人或者其他人谋取利益的，给予警告或者严重警告处分；

情节严重的,给予撤销党内职务或者留党察看处分。”第九章第95条对从事征兵工作的人员违反规定产生的不同后果的处理规定:“农村党组织、社区党组织和村民委员会、社区居民委员会等基层组织中的党员从事下列公务,利用职务上的便利,非法占有公共财物,挪用公款,索取他人财物或者非法收受、变相非法收受他人财物为他人谋取利益的,分别依照本条例第八十三条、第九十四条、第八十五条规定处理:(一)党费、社保基金和救灾、抢险、防汛、优抚、扶贫、移民、救济、防疫款物的管理;(二)社会捐助公益事业款物的管理;(三)国有土地的经营和管理;(四)土地征用补偿费的管理;(五)代征、代缴税款;(六)有关计划生育、户籍、征兵工作;(七)协助人民政府从事的其他行政管理工作;(八)依照党内法规从事党的纪检、组织(人事)、宣传等工作。”在党内法规中首次对征兵工作行为作出明文规定,必须引起我们的高度重视,各级兵役部门和全体工作人员务必认真学习、坚决执行。

做好廉洁征兵工作,一靠教育,二靠制度。多年来,我们在注重加强廉洁征兵教育、提高廉洁征兵自觉性的同时,建立健全了廉洁征兵的配套制度,使廉洁征兵工作制度化。市征兵办先后制定了征兵关键岗位定期轮换制度,对兵员计划、调拨的承办人员和业务处长定期轮岗。规定在征接兵中实行办事公开制度和征接双方互评制度,实行征兵政策、举报途径公开化,预定新兵名单张榜公布。这些制度的建立健全和贯彻实施,较好地落实了廉洁征兵规定,有效防止和克服了征兵行业的不正之风。各位部长身处征兵工作第一线,对来自方方面面的关系、压力,甚至诱惑,要保持清醒的头脑,绷紧廉洁征兵这根弦,自警、自省、自律,做到令行禁止。

五是努力实现与时俱进。国务院、中央军委对征兵工作的要求是实现制度化、规范化和科学化，在制度化和规范化方面，我们已经取得了长足的进步，这是大家所公认的。实现科学化，就是要努力实现兵役工作的信息化管理。当前和今后的征兵工作，工作对象的众多，工作内容的增加，工作要求的提高，如果我们还停留在手工操作的层次上，就很难高质量地完成征兵工作任务。目前，我们正在开展征兵工作的计算机管理工作。我们打算分三步走，实现全市兵役工作的信息化管理。第一步，做到兵役登记实现计算机管理，即掌握信息。第二步，运用信息，兵员征集过程实现计算机管理。第三步，与公安、教育、劳动、民政等部门进行计算机联网，实现资源共享。从而做到用现代化管理手段开展征兵工作，不仅适应时代对征兵工作的需要，也适应上海作为国际化、信息化、市场化、法治化大都市的社会环境。各级征兵部门要十分重视征兵工作的计算机管理，舍得花功夫和投入，落实设备，落实人员，加快本地区兵役工作计算机管理的步伐，加快形成事半功倍的工作局面，实现征兵工作的与时俱进。

六、关于提高依法行政水平，实现本地区兵役工作与时俱进

党的十六大报告指出：与时俱进，就是党的全部理论和工作要体现时代性，把握规律性，富于创造性。提高依法行政水平、实现本地区兵役工作的与时俱进，是摆在我们全体兵役工作者面前的历史使命。怎样使本地区的征兵工作不断进步，不断适应国防和军队建设的需要，适应物质文明、精神文明和政治文明建设的需要，适应和符合人民群众的根本利益，我想应该从以下三个方面去努力工作：

1. 当好服务员、协调员、宣传员。征兵工作是政治任务、执法行为和社会性工作，这一工作的多重性质决定了我们各级兵役工作人员要当好服务员、协调员和宣传员。

当好服务员。我们市征兵办的工作定位是搞好三个服务：为接兵部队服务，为区县和基层武装部门服务，为全市适龄公民及其家长服务。工作对象就是服务对象。作为乡镇、街道武装部门，其工作对象主要是适龄青年及其家长，以及接兵部队和出兵单位。为工作对象服务好，不仅是我们党和人民政府性质、宗旨所决定的，而且是搞好征兵工作的重要前提，我们只有满腔热情地维护适龄青年及其家长的权利，为他们排忧解难，搞好征兵工作才有坚实的群众基础。

当好协调员。征兵工作涉及党政军群许多部门，搞好征兵工作仅靠我们武装部门是无法完成任务的，必须协调各方力量共同开展。我们乡镇、街道武装部长应当具备协调和调动各方工作力量和积极性、形成征兵工作合力的能力，协调是主导，也是一种领导，更是一种水平。

当好宣传员。征兵工作政治性和政策性都很强。尤其是征兵的工作对象是人，思想教育工作和政策宣传工作就显得十分重要。我们在开展征兵工作中，要非常重视宣传教育工作，通过宣传教育营造爱国奉献、参军光荣的社会环境，激发适龄公民参军的积极性。宣传教育工作做好了，征兵工作的思想基础就形成了。

2. 把握征兵工作的客观规律。去年本市举行的《上海市征兵工作条例》颁行十周年暨依法征兵十年研讨活动总结了本市征兵工作的三条基本经验，其中之一就是要把握两条基本规律，即：在改革开放和发展社会主义市场经济的新形势下，开展征兵工作，要不断调动适龄公民及其家长履行兵役义务的积极性，规范公民、法人和其他组织的兵役行为。我们各级兵役部门把握和遵循这些客观规律开展征兵工作，是十分重要的。制定和落实对义务兵及其家长的优待安置政策，才能维护适龄青年及其家长因履行兵役义务而产生的权益，加上以爱国主义为主要内容的征兵宣传教育，才能使他们参军报国的热情经久不衰，从而使兵员源源不断。规范公民、法人和其他组织的兵役行为，才能使征兵工作有序、顺利地开展，兵员质量才有可靠的保证。本市近十多年来的征兵工作，就是遵循这些规律开展的。不论情况千变万化，搞好征兵工作的客观规律都是科学的、始终起作用的，遵循它，我们的工作就会立于不败之地。对此我们要有清醒的认识。

（2005年全市兵役行政执法培训讲稿）

依法征兵十年间

上海国际会议中心，已经以其优越的地理位置和举办的著名活动令世人瞩目。2001 年，APEC 会议使各成员领导人在此聚会。2005 年，中国国民党主席连战在完成国共两党领导人第三次握手后在这里与台商欢聚。由于日程上的变动，《上海市征兵工作条例》颁行十周年研讨会，从这部兵役法规的初审地锦江小礼堂变更于此。2004 年 8 月 27 日，本市兵役工作历史上具有重要意义的一笔，注定要在这个最佳会议场所举行。

2007 年 8 月主持上海市兵役信息系统启用仪式

经中共上海市委、市人大、市政府、上海警备区同意召开的这个依法征兵十年总结研讨会，旨在总结本市依法征兵十年的工作经验，研究面临的新情况，探讨进一步搞好今后工作的新举措，使本市的征兵工作同上海的各项事业一起与时俱进。会议总结和梳理的本市征兵工作的重要经验有三条：一是做到“两个适应”，即适应国防和军队现代化建设的需要，适应社会主义市场经济的形势；二是把握“两条规律”，即不断调动适龄公民及其家长履行兵役义务的积极性，严格规范兵役部门和公民、法人、其他组织的兵役行为；三是发挥“两种作用”，即充分发挥各级征兵办的执法主体作用和兵役机关的组织协调作用。

十年，虽是弹指一挥间，理论上的总结和研讨完成了，但是，3 600 多个日日夜夜，与朋友们、同志们、领导们所经历的件件桩桩，不时地催促我记录成文。

注重与新闻媒体的同志们交朋友

征兵工作是政治任务、执法行为和社会性工作，责任重大，政策性强，涉及面广，良好的社会环境和舆论环境是搞好征兵工作的必不可少的条件。社会和舆论环境的营造，非新闻传媒莫属。一位资深评论家说过，当今世界是传媒主导的世界。此话虽有夸张，但也确有道理。社会在进步，人们的素质在提高，公民决定自己的行为需要在获得各种信息后作出，新闻媒体的信息传播和中介作用就不是可有可无的了。十多年来，我感受颇深，也受益匪浅。

上海有近 50 万适龄男性公民，掌握他们履行兵役义务的资格是征兵部门的工作基础，而这项工作的主要环节就是兵役登记。每年8月初,市征兵办都要召开一个兵役登记新闻发布会,会后由各家传媒发表市政府征兵办的年度兵役登记通告。广播、电视、报纸,上海的主要传媒目前有17家之多,同一时间发布此通告,实现了信息受众的全覆盖,其效果是显而易见的。十多年来,我与各家媒体的联系记者不仅建立了密切的工作关系,而且都成为朋友,有的退休了,友情仍不间断。从工作盟友到朋友,其效应就是,倘若有一家传媒未能及时发布征兵信息,其他传媒的同志就会提醒督促,这家传媒也一定会补发。

上海的老百姓对征兵政策人人皆知,有时兵役部门的同志稍有不慎就会被电话举报,这也得益于媒体的宣传。征兵和优待安置政策广为人知,是全市征兵工作顺利开展的基础和保证。每年征兵期间,报纸、广播、电视刊登和播出的征兵新闻和作品都在300条以上,许多行业的同志都羡慕征兵宣传的面广量大。我说,谁让征兵工作政治性、政策性这么强呢。

取得兄弟部门对工作的理解和支持

上海的义务兵及其家属优待安置政策是全国最好的,这是与相关部门对征兵工作的理解和支持分不开的。从20世纪80年代末市委、市政府作出对城镇待业青年批准参军同时发给工作单位通知书的决定以来,市劳动局就积极承担了这一工作。从确定一名青年参军,到离沪去部队,时间只有一周,短短的几天时间,全市要落实几千个就业岗位,其工作量可想而知。市和区县两级劳动部门,每年这个时候都加班加点,为保障应征青年的权益殚精竭虑。

义务兵家属优待金前几年是由财政部门进行社会统筹的,市和区县的财政局做了大量的工作。2002年,市财政局将这部分资金纳入了政府财政支出，使优待金的发放完全成为政府行为。而每年的优待金发放，市和区县以及乡镇、街道的民政部门都做到不错、不漏、不重。

教育部门也配合征兵部门做了大量的工作。本市的兵役法规规定：适龄公民就业、就学、申请出境、办理工商营业执照或者其他专业证件时，应当向有关部门或者单位出示兵役证，有关部门或者单位必须予以查验。知识分子的法制观念是最强的，每年招生报名和新生入学注册时，学生登记表上都有兵役证号码的专栏，与劳动部门制发的招工表上必须填写兵役证号码一样。对适龄青年就学就业这两个主要环节中履行兵役义务情况的检查，有效地规范了适龄公民的兵役行为，本市依法征兵机制的形成，教育和劳动部门功不可没。

公安和卫生部门，是征兵工作中政审和体检工作的承办部门。我常与这两个部门的同志说：在征兵工作中，兵役机关是主角，公安、卫生部门是配角。但在政审和体检工作中，公安、卫生部门是主角，兵役机关是配角，要做好政审、体检工作的协调和保障。每年，全市公安部门要协调近万名政审人员开展工作。卫生部门要选调近千名工作人员开展体检工作。没有这两个部门的配合和支持，要搞好征兵工作是不可思议的。这些，都是征兵是社会性工作的特性所决定的。

关注普通群众的愿望和利益

在上海的应征青年中，有三分之一的人是本人从小有参军愿望，希望成为人民军队中的光荣一员。还有三分之一是父母的要求，他们希望自己的子女“成人”多于“成才”，而“成人”最好的地方非军队莫属。另有三分之一是法律的制约，适龄合格青年必须服从国家的挑选报效祖国。

1997 年香港回归前，1996 年冬季征兵体检的第一天，我去闸北区征兵体检站检查工作。在体检站前，只见一对夫妇和他们的女儿在蒙蒙细雨中徘徊，我一问，原来是夫妻二人要送女儿参军，而女青年参军报名期已过，母女俩在流泪，父亲在着急，而这个小祁姑娘是各方面条件都不错的青年，于是我答应他们同区征兵办领导商量。结果，姑娘参加了体检，通过了政审，被批准参了军，而且成为当年上海送往驻港部队的“五朵金花”之一。服役 3 年退伍返沪后，小祁以优秀的素质被上海航空公司录用为空姐，前年结婚时，新郎新娘非得邀请我作证婚人不可。小祁多次说我改变了她的人生和命运，感激之情溢于言表。应该说，改变她人生的首先是她的素质、军队的培养，当然机遇是碰到了我。为普通群众排忧解难是我的职责。我归纳的市征兵办的宗旨就是搞好三个服务：为接兵部队服务，为区县和乡镇、街道武装部服务，为全市适龄青年及其家长服务。搞好“三个服务”，就是在征兵工作中实践“三个代表”的重要思想。

2001 年冬季征兵结束后不久，我在接一位家长的电话时不经意听说，其子是一家五星级宾馆的员工，参军时应宾馆要求写了辞职报告，宾馆解除了用工合同，还向宾馆交了 500 元“培训费”。我当即对家长说，按照法律规定，宾馆只能与你儿子中止合同，退伍后应回原单位就业，而交纳所谓的“培训费”，更是有悖法规和政策。十多年来，最使我不安和焦虑的，莫过于普通百姓的利益受损。在接下来的兵役执法检查时，我要求征集执法处的同志，向那家宾馆的法人代表进行了法规宣传，宾馆在一周内就纠正了不当做法，派人送还了“培训费”。家长给我来电致谢，我说：“这是我们的工作。”

2002 年，市人大常委会修改《上海市征兵工作条例》。经过多年的调研，我提出了改进和完善本市安置政策的建议。在应征青年被批准入伍时就安排工作单位的做法（两张通知书一起发），是1986年市政府决定实施的，这项政策曾经有效地调动了本市青年参军的积极性。随着改革的深化，劳动力走上市场、非公企业数量的增加，使得劳动部门事先安置应征青年就业越来越难。更重要的是，青年参军时安排的单位充满变数，退伍时有相当部分有了变化，导致不能保障退伍兵的权益。为此，在与民政部门反复探讨沟通后，我提出了"计划与市场相结合，指令性安置与自主择业相结合"的指导思想，在市人大常委会修改法规时得到了确认，做到了既对退伍兵安置作了政府保底，又引入了市场机制使之充满活力，从而最大限度地保证了退伍兵的权益。十多年来，上海的优待安置政策一直是最好的，上海的兵员征集也一直是顺利的，所征新兵的质量一直处在全国前列。

做好义务兵及其家属的跟踪服务

市征兵办的主要工作有四大项：兵役登记、执法检查、兵员征集、跟踪教育。兵送走，不撒手，跟踪教育、管理与服务，是兵役工作在新时期的必要延伸。因为对2年兵来说，征集地政府和用人单位的关心、教育与帮助对兵员顺利履行好兵役义务至关重要。

1997年4月，我带队到驻香港部队深圳基地慰问，当时，正是驻港部队"雨天当晴天、黑夜当白天"紧张训练准备进驻香港的时候。不说女兵，小伙子们见到我们都泪流满面："训练太苦了。"我们给予勉励：不艰苦训练，怎能成为"威武之师、文明之师"。部队领导称赞我们给部队送去了及时雨。

1998年，我们组织了进藏慰问团。我请时任市委宣传部副部长许德明任团长、时任市政府办公厅副主任刘南山任副团长，请解放日报、上海电视台、东方电视台等传媒派出记者随行，还请了陈海燕、黄蕾蕾、柴志新、张鸣全几位演员。慰问团走访了拉萨、日喀则、那曲、林芝的部队，看望了上海兵。

在西藏军区机关，蒙进喜司令员、胡永柱政委、多加副政委会见了慰问团全体成员，几位领导对上海人民支持部队建设的举措给予了高度评价，对上海兵称赞有加。胡政委特别提到了乔李平和郭亚荣2位上海兵，赞扬他们是“大城市文明与老西藏精神结合的上海兵”。我和上海电视台的记者去看望了乔李平，他在军区后勤仓库担任饲养员，这项工作是他多次要求争来的，这个瘦瘦小小的乔李平，曾在春日让战友用背包带拴住下到冰冷的拉萨河里打猪草。郭亚荣正在全军最高的查果拉哨所执勤，这份殊荣也是他在军区警卫连里多次申请争来的。我们无法去到海拔5 000多米的哨所。在回到上海后，我特意去了郭亚荣在长宁区的家，看到了他的家信和他的英姿。他在信中对父母说：好男儿流血流汗不流泪，为祖国站岗无上光荣。在闵行区乔李平家，朴实无华的乔家夫妇的言行足以说明，这样的上海人家教养的子女必然是好样的。

2002年4月，我会同市双拥办组织慰问团去了南海舰队。在海南三亚基地，部队领导向我们介绍了上海兵的情况。尔后，基地军务处长陪同我们去西沙群岛，在清澜港登上海轮，经一夜航行，抵永兴岛西沙水警区，杨司令员和林政委接待了我们。上海兵有当炮手的，有当通讯员的，有当炊事员的，个个争气。他们见到家乡来的亲人，那份激奋溢于言表，我们记录了他们的情况和困难，回沪后一一帮助解决。部队领导说，来自家乡的慰问，胜过十几堂思想教育课。

每年上半年，市征兵办都通过区、县及其乡镇、街道武装部汇总跟踪教育情况，通过全市跟踪，做到了没有一户漏发优待金，没有一户义务兵家属存在可以解决的困难。2004 年跟踪教育汇总情况表明：各级征兵部门走访义务兵家庭 8 774 次，本市在役义务兵入党、担任班长、获各类嘉奖的占 67%。

形成市、区县和乡镇街道征兵工作的良性互动

我给市征兵办归纳的工作宗旨是搞好为工作对象的服务。实践证明，为区、县及其乡镇、街道武装部服务是至关重要的，做好这个环节的工作，就可以推动其他 2 个环节的工作。区县武装部是征兵工作的一线指挥部，起着承上启下的作用，乡镇、街道武装部则是征兵工作的直接承办部门，兵员是他们一个一个跑出来的，新兵的政治、身体、年龄、文化情况都要由他们把关，作为市征兵办，为他们服务好，给他们开展工作创造条件，既是主要工作职责，又是至关重要的工作。十年来，为他们的服务主要是做好两方面的工作。

一是适时提供法律、政策保障。1994 年本办推动的征兵立法，确定了区县征兵办的执法主体资格，其意义非凡，为区县依法开展征兵工作树立了工作权威。这部法规同时确定的优待政策，为征兵工作开展提供了经济基础，极大地调动了青年参军的积极性。同时，给适龄青年及其所在单位设定了权利和义务，规范了征兵工作对象的兵役行为。可以说，上海征兵工作十年来的顺利开展，兵员质量的不断提高，主要得益于这部法规。2002 年，针对征兵方法、优待政策和安置方式面临的新情况，市征兵办适时提出了改进征兵工作方法、完善优待政策和改革安置方式的三项改革建议，经市政府、警备区同意，市人大常委会对《上

海市征兵工作条例》进行了适应性修改。征兵方法从条块结合改为“属地属户”，优待金相对稳定标准、调整结构和纳入财政支出，退伍兵安置实行计划与市场相结合、指令性安置与自主择业相结合。同时，市征兵办又及时制发了“属地属户开展征兵工作、实行条块配合协调”和“乡镇、街道征兵工作若干规定”两个操作性文件。三项改革的实施使征兵工作面临的问题迎刃而解，区县和乡镇、街道的工作更好开展了。

二是每年组织业务培训和工作指导。区县和街道武装部每年干部流动都有四分之一，业务不熟成为影响征兵工作的主要因素。为此，每年市征兵办都要组织业务培训，每次都由我讲课，讲解征兵工作意义、法律依据、主要做法和工作要求。不仅使新进人员掌握业务知识，而且使之取得领取行政执法证的资格。同时，在每年的兵役执法检查期间，本办检查组都要到100多个基层单位检查工作，宣传法规、规范做法、指导工作。十年来，市征兵办与区县及其乡镇、街道武装部形成了良好的工作互动局面，全办同志都确立了搞好工作服务的指导思想，急区县、街镇之所急，做区县、街镇之所需，工作协调，配合默契，互相支持，共同进步。

依靠上级领导的关心和支持

本市的征兵工作之所以取得显著成绩，是因为得到了上级领导的关心和大力支持。

黄菊同志担任市委书记以后，先后4次视察了征兵工作。1996年11月13日，他到长宁区视察征兵工作，并到市征兵办听取工作汇报，他说：每年的征兵工作是爱国主义教育，也是国防教育。

1998年11月6日，他到杨浦区检查征兵工作，指出：本市征兵工作年年做，每年都有进步，而且一年比一年好。要在征兵工作中进一步弘扬爱国主义精神，使征兵工作与全市精神文明建设相互推进，同步发展，交出两个文明建设的满意答卷。

2000年11月6日，他到闸北区检查征兵工作，提出：要以"三个代表"重要思想指导征兵工作，从依法治国、依法治市的高度组织征兵工作，要使征兵工作成为推动本市两个文明建设的一个重要抓手。

2001年11月12日，他到徐汇区检查征兵工作，并进一步提出要求：要使本市的征兵工作进一步适应国防和军队建设的需要，适应两个文明建设的发展，适应和符合人民群众的根本利益。

王力平同志任市委副书记分管征兵工作期间，科学地提出了实行全市征兵工作的五项责任制：实行征兵工作区县党政一把手，区县人武部部长、政委，乡镇、街道党政一把手，乡镇、街道武装部长，出兵单位负责人责任制，从而使征兵工作职责在各级得到了落实。

孟建柱同志任市委副书记分管征兵工作期间，在1996年全国征兵工作会议上介绍了本市依法征兵的工作经验，得到了国务院、中央军委和总部领导及各省市同志们的称赞。

刘云耕同志任市委副书记分管征兵工作以来，每年都亲自检查征兵工作，并亲自指导依法征兵十年工作总结，要求不断创造一流征兵工作业绩。

冯国勤同志分管征兵工作已经十年，每年都亲自召开征兵工作专题会议，调整政策，作出部署，解决了每年征兵工作中出现的新情况、新问题。

王文惠司令员对征兵工作十分关心，基本上每年的征兵工

送别2003年冬季应征女青年

作都亲自部署工作，检查工作，并指导市征兵办总结征兵工作经验，发现并把握搞好征兵工作的客观规律。

戴长友政委来上海工作后，十分重视征兵工作中的爱国主义教育和国防教育，每年都出席征兵工作新闻发布会、征兵宣传教育总结表彰会，调动新闻传媒同志搞好部队报道工作的积极性。

正是由于这么多领导的关心和支持，本市的征兵工作才得以顺利开展，依法征兵的规范化水平和兵员质量才走在了全国的前列。

（选自《上海市依法征兵十年研讨论文选》 2005年3月）

建设执政为民的行政机关

近年来，市政府征兵办机关党组织以邓小平理论和“三个代表”重要思想为指导，牢固树立和全面落实科学发展观，严格按照党章规定和上级党组织要求，紧密结合中心工作任务，着眼加强党的先进性建设和执政能力建设，注重党员干部队伍思想政治教育，充分发挥了机关党组织的战斗堡垒作用、骨干队伍的模范带头作用，通过抓好党建工作，为本办依法行政提供了坚强的政治保证，使党的宗旨和任务与本办中心工作相融共进，努力把本部门建设成为执政为民的行政机关。

一、抓好机关党建是行政部门履行执政为民职责的重要保证

市征兵办是市政府和上海警备区领导下，负责组织实施全市征兵工作的行政职能部门。征兵是与千家万户密切相关的社会性工作。实践表明，抓好机关党建是本办履行执政为民职责、推进征兵工作顺利开展的重要保证。

首先，执政为民是行政部门工作的立足点和落脚点。本办机关党组织教育和引导党员干部在组织开展征兵工作的过程中，不断适应国防和军队建设的新要求、适应社会主义市场经济发展的新形势，围绕征集高质量兵员的工作目标，不断强化执政

为民的工作理念，在工作的展开和政策的施行中都充分体现广大人民群众的根本利益，切实把全市几十万适龄青年及其家长的合法权益实现好、维护好、发展好，切实把他们依法履行兵役义务的积极性引导好、保护好、发挥好，把执政为民作为本办工作的立足点和落脚点。

在办公室接受上海电视台和东方电视台采访

其次，机关党的建设是履行执政为民职责的政治保证。本办机关党组织从思想建设、组织建设和作风建设入手，通过认真抓理论学习和思想教育，促使党员干部用科学理论武装头脑、指导实践、推动工作，提高思想觉悟，增强事业心责任感；通过认真抓组织建设和作风建设，促使党员干部更加融入组织、团结一致，以优良作风、良好形象履职尽责，把执政为民理念转化为具体的工作实践。我们深刻体会到，加强机关党的建设，增强党组织的凝聚力、战斗力和创造力，是行政部门履行职责的力量之源、绩效之基。

二、抓好机关党建必须紧密结合中心任务增强工作生机与活力

市征兵办担负的主要工作，是对全市兵役登记、兵员征集、兵役执法、跟踪服务等工作进行计划、组织、指导、协调、检查和监督。在抓机关党建工作中，我们深刻体会到，紧密结合中心任务抓党建，才能增强机关党建工作的生机与活力。

一方面，我们努力把党的宗旨在本部门实践化。在推进机关党建工作的实践中，本办机关党组织十分注重教育引导全体党员干部和工作人员立足本职岗位自觉做好“三个服务”：努力为国防和军队建设服务，为区县和乡镇、街道兵役部门服务，为全市适龄公民及其家长服务，真正把党的全心全意为人民服务的宗旨渗透在做好征兵工作的具体实践之中。我们通过扎实开展兵役登记全面掌握全市适龄公民的底数，通过严格实施兵役执法检查规范公民、法人和其他组织的兵役行为，通过严密组织兵员征集确保新兵质量，通过开展在役士兵跟踪教育、管理与服务促使他们安心服役，自觉为国防和军队建设服务。我们通过组织各级兵役部门工作人员业务培训提高他们的工作能力水平，通过制定实施兵役工作规程帮助指导各级兵役部门工作人员规范开展工作。我们通过会同或配合有关部门制定完善在役士兵及其家属的优待政策和退役士兵安置政策，把适龄青年及其家长的愿望和反映作为第一信号，殚精竭虑维护应征公民及其家长的权益，切实为全市适龄公民及其家长服务。通过征兵工作，使广大适龄公民及其家长更加热爱党、热爱祖国、热爱社会主义、热爱国防和人民军队。

另一方面，我们努力使党的任务在本单位具体化。征兵工

作是国防和军队建设的基础性工程，做好征兵工作是贯彻落实科学发展观、构建社会主义和谐社会、有效履行我军新世纪新阶段历史使命的客观要求。本办作为承办全市征兵工作的行政部门，在加强机关党建工作中，十分注重把党的目标任务具体化为全体党员干部和工作人员的工作理念、职责和标准，努力践行“勤政廉洁、团结守纪、良好形象、一流工作”的建办宗旨。全办努力推进征兵工作的制度化、规范化、科学化建设，切实规范了征兵工作全过程的23项主要工作，对每项工作做什么、怎样做、做成怎样和哪些不能做都作出规范，使全市征兵工作规范有序，法制化水平较高。我们不断提高征集兵员的质量，通过抓平时征兵准备、抓兵役执法检查、抓廉洁征兵，使全市所征兵员的质量年年提高，去年党团员达75%，高中以上文化达90%，兵员质量连续10多年居全国前列。我们努力实现征兵工作的改革创新。正在建设的全市兵役信息系统，将实现市、区县和乡镇、街道三级工作平台信息传输网络化、工作过程智能化，在全国领先实现工作的高效率和高质量，已经得到了国防部征兵办的充分肯定。

三、抓好机关党建必须注重发挥骨干队伍的模范带头作用

在推进机关党建工作中，我们把建设一支素质高、形象好的骨干队伍，充分发挥骨干队伍的模范带头作用，作为加强党的先进性建设和执政能力建设的着力点。

一是十分重视骨干队伍的学习提高。本办党组织通过开展班子成员中心组学习和全体党员干部周五政治学习日、每年三月学习月活动，重点学习马列主义、毛泽东思想、邓小平

理论、“三个代表”重要思想和科学发展观，学习兵役行政法律法规，学习兵役管理业务知识、电子政务技能，学习自然科学、社会科学的新知识，使班子成员和全体党员不断加深对党的基本理论、基本路线、基本纲领、基本经验和各项方针政策的理解，提高科学认识和分析形势的能力以及改造主观世界的能力，树立正确的世界观、人生观、价值观和权力观、利益观、政绩观，同时增强法律意识和规则意识，提高依法征兵和依法行政的能力水平，努力成为兵役工作的行家里手。全办工作人员按照“内强素质、外塑形象”实施标准和要求，不断提高政治素质、理论水平、工作能力和道德修养，努力塑造政治觉悟高、工作水平高、纪律观念强、团队意识强的良好形象。班子成员自觉成为勤奋学习、善于思考的模范，解放思想、与时俱进的模范，勇于实践、锐意创新的模范，形成坚强有力、充满生机与活力的领导班子。

二是充分发挥骨干队伍的示范作用。在推进本办机关党建工作过程中，我们把思想建设、组织建设和作风建设有机结合起来，把制度建设贯穿其中。定期召开机关总支委会议和各处党支部书记会议，专题研究本办机关党的建设问题，制定和完善加强和改进机关党的建设实施规划；完善中心组学习制度、班子成员工作交心制度、党政领导干部民主生活会制度、党员民主评议制度，规范开展各项组织活动；实行机关党组织目标管理制度，按市级机关党工委的要求，结合本办实际，制定机关党组织年度工作的目标管理计划，落实具体责任人，定期检查落实；严格执行《党员、干部行为规范》《“内强素质、外塑形象”实施标准》和《“文明处室”评比标准》等制度，规范班子成员和党员干部的思想、言行。从而取得了机关党建工作的良好成效，党员干部的先进性得到保持和增强。在党员骨干的模范带头作用引导下，本办一直保持着风正气顺干劲足的良好局面，成为上级放心、人民群众满意的行政部门。

（选自上海市市级机关党委《机关动态》 2006 年第 11 期 ）

总结工作　规范行为　以人为本

在市委、市政府和警备区的正确领导下，在市、区县各有关部门的大力支持下，经过各区县和高校的共同努力，本市今年圆满完成了为上海世博安保工作征集 5 000 名新兵的光荣任务。根据全市今年征兵工作的计划安排，今天我们召开全市 2009 年征兵工作总结讲评会议。出席今天会议的有：各区县人武部部长、政委和副部长（军事科长）。会议的主要内容有两项，一是请李副参谋长总结讲评全市 2009 年征兵工作，二是请警备区张副司令员讲话。

刚才，李副参谋长全面总结讲评了全市今年征兵工作，张副司令员就今年征兵工作和搞好今后的工作作了重要讲话，我们要认真贯彻执行。请各单位结合本地区的实际情况，进一步做好工作调研与总结，为搞好今后的征兵工作做好准备。张副司令员、李副参谋长已经对今年全市的征兵工作进行了高度评价，正如两位领导所说，今年的征兵，任务之重前所未有，标准之高前所未有，责任之大前所未有。工作结果表明，我们完成任务之好前所未有，兵员质量之高前所未有。可以说，全市征兵部门向党和人民交了一份满意的答卷。市委俞正声书记在最近召开的九届市委九次全会上说：全市党员干部都要把奉献世博作为实现个人人生价值“成功、精彩、难忘”的一笔。我们全市征兵工作人员都有幸写上了这一笔。我讲三点建议，供同志们在总结时参考：

一是要注意总结区县征兵办怎样更好地协调高校开展征兵工作。高校是今后开展征兵工作的主要部门，到院校选兵员是征兵工作的方向，兵役法修改后，在校生要从“缓征”改为“应征”，我们要有充分准备。有的高校是部级单位，征兵又是属地化开展的，我们怎样组织高校征兵，与高校的工作关系定位非常重要，这就是组织、指导、协调。就像市征兵办与各区县人武部，是组织、指导、协调。区县人武部受区委、区府和警备区领导，市征兵办作为上级业务部门是指导和协调关系，当然指导、协调也是业务上的领导。要按照党性原则、组织原则和工作原则处理好相互关系。

二是要注重依法规范各有关部门的工作行为。征兵工作是政府各有关部门齐心协力才能做好的工作，国防部征兵办今年7月制发的《关于加强各级征兵办公室建设的通知》明确：各级征兵办公室是征兵工作的主管部门，是贯彻落实兵役法律法规的执法主体，也是连接军地双方、协调有关部门、整合各方力量共同搞好征兵工作的桥梁和纽带。公安、卫生等部门是开展征兵工作的重要力量，从广义来讲都是征兵工作的主角，但从狭义来讲，他们是配合我们开展征兵工作的，是配角。我们区县武装部是主角。配角争当主角是越位，主角甘当配角是失职。警备区首长前些年就明确过，区县人武部部长分管征兵计划协调和体检，政委分管宣教和政审，要配科长担任政审、体检组副组长，便于协调、指导、整合征兵政审、体检工作。政审、体检组是区县政府征兵办的业务工作组，不允许搞自行其是。要用制度管人管事。对关键岗位如政审、体检组长要实行轮岗，这是国防部征兵办的规定。我们市征兵办承办兵员计划调配的同志就是3年一轮岗。

三是要在征兵工作中坚持以人为本的思想。人民政府执政为民的本质是以人为本。征兵工作是社会性工作，涉及千家万户的根本利益，不要因为我们工作不到位使人民群众对党、对政府、对军队反感，影响社会和谐。这次征兵有某区某所大学的一位女生，体检结论是“肾积水”不合格，本人到其他医院查下来是肾囊肿，在合格范围内，体检站的个别人坚持不复查。在开体检总结会时我找站长谈话，我说你还是给予复查，对女孩要负责。如不，人家向市征兵办提出行政复议，我们就要带她到专科医院查，然后作出行政复议决定责令你改正。你不改，人家就上法院告你，我们肯定尊重事实支持她，你就等着赔礼道歉赔钱吧。结果这位站长回去后老老实实复查了，改正了，出体检表了，这位女生也就批准入伍了。人家是孤女寡母。

和表演艺术家严顺开合影，他和上海滑稽剧团编、导、演了大型喜剧《宝贝从军》

还有一位大学女生，本人是共产党员，舅舅判过一年刑，政审部门说不合格。政审标准是有 14 种情况本人不能正确对待为不合格。区政审组要市征兵办给意见,我们就给了可以征集的意见,这位女生也批准入伍了。如果一名共产党员参军都不合格,那她一辈子对党、对政府、对军队都有怨言。我每年都对区县政审组长、体检站长说,我们第一是要对工作负责,第二才是对自己负责,二者不能颠倒,颠倒了就是个人主义。

(2009年全市征兵工作总结讲评会议主持词)

我与 2 000 名世博女兵

今年 11 月 10 日，曾经的世博女兵、如今的市公安局警官小葛给我发来短讯：“今天是我们世博女兵入伍四周年纪念日，感谢您对我们的培养，永远不会忘记您这位伯乐！愿您和您的家人身体健康、万事如意！”上海世博会尽管已经过去了好几年，但我和那些世博女兵一样，对那个精彩岁月的情景依然难以释怀。

2009 年 11 月看望世博女兵

那是 2009 年初，我还在上海市政府征兵办任职。正在上海组织全国征招士官会议的国防部征兵办领导征求我意见说：世博会需要 2 000 名女兵承担安检，打算由上海市征集，且必须是在校大学生和大学毕业生，身高要 1.62 米以上。我又喜又忧，喜的是有许多女孩能圆参军梦，忧的是此事责任重于山。根据 20 多年的工作经验，我当时建议：给我们 1 000，还有一半给兄弟省吧。不久，这位领导从北京打来电话：考虑到这批女兵要提前征，为了不波及其他省，还是由上海完成任务。

我及时向警备区领导作了汇报，并在次日就派一名处长带队到高校作抽样调查。在不做任何宣传动员的情况下，对部分高校大学女生的问卷调查结果出来了，有参军意愿的仅 21%。这是预料之中的事。照此比例，要高质量征集 2 000 女兵会很难。因为国家法律没有规定女性公民服兵役的义务，何况，大学生的任务就是在校读书。

作为全球经济文化盛会的 2010 年上海世博会，是中华民族的百年盛事。2 000 名安检女兵，直接关系到世博会能否“成功、精彩、难忘”，为举办世博征集大学女生是历史使命。我向市委、市政府领导作了工作汇报。市委分管领导肯定了我们的工作思路，对我说：要在全市高校大力宣传爱国奉献和参军光荣，要善待世博女兵，在她们完成任务后退役、复学、就业给予优待，对外地生要为她们融入上海创造条件。作为市征兵办负责人，我的工作理念是为部队服务、为区县和基层兵役部门服务、为全市适龄公民服务。为此，我反反复复与相关部门负责同志沟通和商讨，并建议市政府领导两次召开了职能部门参加的专题会议，明确了有关政策和做法。

征兵任务正式下达后，在全市 62 所高校征集世博女兵的工作就热热闹闹地展开了。面对百年世博，莘莘学子和高校教职员工的热情调动起来了，全市有 6 000 多女生报名。上海大学报名参军的女生有 600 多，98 名被批准入伍。上海师范大学报名参军的女生 400 多，81 名应征入伍。一所大学一次被批准参军的女生这么多，注定是校史上最光彩的一页。《解放日报》《文汇报》《新民晚报》都在10月9日一版和二版刊登通讯，报道了上海大学涌动的学子参军热潮。这一天恰好是老校长钱伟长97岁生日，钱校长曾谆谆教导上大学子：首先是一个爱国主义者，其后才是各行各业领域的佼佼者。这已经由当代大学女生生动诠释。

11月10日，2 000名世博女兵出征。一辆辆大巴满载着女兵们抵达浦东训练基地。我和市武警总队刘总队长、倪副总队长在营地迎候。我们和前来送兵的区县兵役机关领导都很兴奋。作为老兵，我们从未征接过这么多女兵，从未见到过数以千计的优秀女兵。这不仅是上海市，而且是共和国历史上唯一一次征集这么多大学生女兵，足以载入史册。天下着雨。有人说，上海人喜欢女儿出嫁下雨。这不，女兵们个个喜形于色。

春节前夕，市征兵办会同市教委和高校领导去看望正在岗前训练的女兵，向她们拜早年。我和市教委李副主任欣喜地看到，在会场里端坐着的近千名女兵代表，两个月的训练已经使她们基本完成了从大学生到革命军人的转变。

从世博会开幕到闭幕，我时时关注着这批女兵。4月20日第一次试运行，我在上南路入口首次目睹了超大人流中执行安检任务的女兵展露风采。七八月间，我多次见到了汗流浃背仍然做到微笑服务的女兵，她们每天要讲五六百句用语、蹲下起立千余次。世博会闭幕的前一天，我见到的这些女兵，世博卫士的飒爽英姿丝毫不减。世博盛会五彩缤纷，我们的世博女兵始终是世博园区一道道最亮丽的风景。半年训练，半年执勤，几乎全部获奖，100多人立功，141人入党。她们在184天付出了无数的汗水和辛劳，由于工作压力大、强度大、周期长和过度劳累，有100多人出现过神经性头痛，400多人次患急性腰肌劳损，800

多人得过急性胃肠炎，还有许多人染上咽喉炎，好在都已痊愈。女兵们对这些付出无怨无悔。警营和世博会，是一所最好的大学校和大熔炉。

2010年11月，世博女兵完成了历史使命面临退役，我已不在市征兵办工作岗位。倪副总队长带着总队几位处长来和我研讨世博女兵退役、复学、优待、安置事。尔后，他邀请我和市政府相关部门负责人，到女兵基地共商如何做好世博女兵退役工作。我的意见被悉数采纳。有关部门积极支持，纷纷表示要厚待世博女兵。尤其是公务员管理部门，按规定给予世博女兵优先考录公务员的机会。根据我的建议经修改后，一份由11个部门共同制定的实施意见很快形成并获市领导批准。

12月10日，在纷纷扬扬的大雪中，武警总队的数十辆车把胸佩大红花的世博女兵送回了全市各个高校，学校的师长和同学热情地迎接女兵们凯旋：可谓飞雪迎春。

2011年初，又一个飘着雪花的上午，市公务员管理部门邀请相关部门的负责同志巡视有世博女兵参加的公务员考试。监考老师对我说：一看就知道谁是世博女兵，她们剪短发，脸微笑，站如松，坐如钟。

两个月后，一些已考取公务员的世博女兵相伴来看我，亭亭玉立的姑娘们又分明散发着英气。本科毕业的世博女兵参加公务员考试很多人如愿了。华东师大毕业的小葛是其中的一个，她参军前就是市作家协会会员，曾经创作出版了两部长篇小说《女儿香》《爱是永远的》，还有数十万字的短篇。世博期间她主编的《世博女兵报》精彩纷呈，被誉为优秀思想工作骨干，立三等功。现在已成为市公安局一名警官。我嘱咐她一定要利用得天独厚的经历，为世博女兵再写一部长篇。

还有1 000多名复学的世博女兵，她们完成学业后，都已成为各行各业的佼佼者。这几年不时会传来她们的信息：有的学业长进，有的出国深造，有的事业有成，有的获得晋升。她们都在继续属于自己的花样年华，因为她们是百年一遇的世博女兵！

（选自《新民晚报》 2011 年 8 月 1 日，《解放军报》 2013 年 12 月 30 日）

65年的缅怀

每当我们为中华民族自立于世界民族之林而自豪的时候，每当在金秋十月国庆佳节即将到来之际，我们都会饮水思源，格外怀念那些创建共和国的先驱和功臣们。在新中国成立65周年和人民解放军建军87周年期间，上海市拥军优属基金会和市双拥办，在全市组织了“慰问功臣”活动。在上海，革命烈士家属、军队离休干部、建国前参军的残疾军人和在乡老复员军人有近8 000户。其中的烈士家属有4 000多户，他们的亲人，为共和国的诞生献出了宝贵的生命。慰问烈士们的家属，缅怀那些为国家独立、民族解放、人民幸福而抛头颅洒热血的先烈们，是拥军优属基金会的题中之义。而有机会走近先烈们的家人，是我们接受光荣革命传统教育的难得机会。

我和虹口区双拥办的同志来到了李白烈士之子李恒胜先生的家。电影《永不消逝的电波》，使李白烈士的英勇事迹家喻户晓。作为参加过二万五千里长征的老红军，李白受党的派遣从延安来到上海，在日寇和国民党反动统治下的上海开通了红色电波，为党中央传送了许多重要情报。李白先后两次被日寇和国民党反动派逮捕入狱，受尽了酷刑折磨，始终保持了一名共产党员的气节，在上海解放前20天被枪杀。父亲牺牲时，李恒胜4岁。恒胜先生告诉我们，解放后，母亲含辛茹苦带着他，他成年后担任过工会负责人和区委老干部局领导。他特意指着现住的母亲留下的老房子对我们说：母亲生前，组织上曾经提出要给这位革命老人分配大一点的住房或增配一套，被母亲婉言谢绝了。母亲说：房子能住就行。恒胜先生就一直住在这座老式公房里，房子已很陈旧。恒胜先生退休后参加了上海百老讲师团，在上海和全国各地已作了300多场爱国主义和革命传统教育报告。他坚信父亲的鲜血永远不会白流。

陈冠宁先生现在是他自己创办的红星书画院的院长，他是个老兵，曾经在军营历练，并把儿子送到部队当了6年兵。陈先生夫妇在地处虹桥的家中向我们深情地回忆起父母为新中国诞生而壮烈牺牲的情景。冠宁先生的父母和母亲腹中6个月的婴儿，牺牲在上海解放的前7天。父亲陈尔晋生前公开身份是原国民政府国防部第四兵团中将副司令兼参谋长，上海解放前夕，根据我党的指示准备策反国民党第四兵团和上海守军起义，由于叛徒出卖，于1949年5月9日被捕，10天后和妻子王曼霞一起被国民党反动派枪杀于当时的宋公园，现在的闸北公园。那年他才1岁。谈起父辈赴汤蹈火何所惧的原因，冠宁先生对我们说：为国为民的理想信念高于天，相信当代的年轻人，只要中华民族到了最危险的时候，也会义无反顾的。冠宁先生充满着朝气，他的家也生气盎然。

我们又到了住在徐汇区的罗新安先生家。新安先生是罗炳辉烈士的儿子，已经70岁了。罗炳辉烈士曾被中央军委授予我军军事家称号，出生于云南彝良县。电影《从奴隶到将军》中，著名演员杨在葆和张金玲演绎的奴隶将军夫妇，原型就是新安先生的父母。罗炳辉烈士早年在滇军参加讨袁护国和北伐战争，1929年加入中国共产党，同年率部队加入红军，历任团长、旅长、纵队长和军长，参加历次中央根据地反围剿，后任红九军团军团长，率部参加长征，抗日战争中任新四军支队副司令员、司令员、新四军江北指挥部副指挥、淮南军区司令员，解放战争时任新四军第二副军长兼山东军区司令员，战功赫赫，不幸于1946年殉职。

和音乐家吕其明一起庆祝建党80周年

新安先生的家简朴得令我们有些惊讶。谈起父亲，他的敬仰之情溢于言表。新安早年毕业于哈尔滨军事工程学院，已经是一位教育心理学家。著有《教育其实很容易》《网瘾怎么办》。目前，他的主要心思是在筹拍电视连续剧《战神罗炳辉》。他告诉我们，父亲的传奇故事、人格魅力，包括革命战争经历和家庭爱情生活拍成连续剧，肯定是同类题材中最好的影视剧，思想性、艺术性一定会超过当年的那部电影，是我们开展爱国主义、革命英雄主义和革命传统教育的极好教材。我们期待着。

（选自《解放军报》 2014年9月20日，《新民晚报》 2014年10月1日）

神山村·茅坪乡

1962年，朱德委员长重上井冈山，欣然题写了“天下第一山”五个大字。如今的井冈山，“红色最红，绿色最绿”。那山下鲜艳的井冈红旗雕塑、山间“红军万岁”的士兵群雕、巨大军号造型的“胜利号角”，以及盘山公路两旁别具一格的红色火把路灯，在青翠欲滴的林木映衬下，无不向世人昭告：这里是红军的故乡，红色政权的故乡，中国革命的摇篮和故乡。井冈山人都说，井冈山是最神奇的山，她是能把不可能变成可能，把弱小变成强大的地方。

在人民解放军建军90周年纪念日即将到来之际，我又一次上了井冈山。记得第一次上井冈山是在学生时代，几个年少气盛的同学结伴，竟然下深谷、上高山，攀着大口碗粗般的藤条，穿过原始森林，登上了井冈山主峰五指峰。1980年版的百元人民币图案，画的就是被誉为天下最贵的这座山。第二次上井冈山，是在7年前，除了重新瞻仰革命遗址还专门去了三湾村，探寻我军何以从小到大、从弱到强的源泉。这次三上井冈，是为了考察验收市拥军优属基金会资助警备区帮扶老区项目，帮扶的是茅坪乡神山村脱贫改建。

神山村坐落在黄洋界下的大山深处。2016年2月2日，农历小年夜，习近平总书记亲临神山村视察。他要求各级干部：我们党是全心全意为人民服务的党，为了让乡亲们好日子越过越好，党和国家将继续大力支持老区发展，在扶贫路上，不能落下一个贫困家庭，不能丢下一个贫困群众。一年多过去了，神山村已发生了巨大变化。村容村貌已焕然一新，整修后的栋栋民居在群山环抱中十分亮眼。村里修起了水泥路面，有停车场、有排水设施，还有农家乐餐馆。特别是村里建起了250亩黄桃基地、200亩茶叶基地，人均收入已经从2015年的3 281元上升到7 760元。神山村和全乡6个行政村一样脱贫了。今年3月，新华社已通告世人：井冈山地区已率先全部脱贫。我们遇见的村民人人满脸幸福感。

神山村所在的茅坪乡是我国第一个农村革命根据地井冈山的核心地区。1927年，在“4·12”国民党反动派叛变革命，我党发动的“八一”南昌起义和秋收起义相继失利、中国革命处于低潮之际，由毛泽东同志率领的秋收起义部队上了井冈山，看准茅坪地域地理位置，毅然决定在茅坪“安家”。毛委员在进驻茅坪的群众欢迎会上说：现在我们有了家，就不要乱跑了，要在这里安家，还要在这里发家。

在茅坪八角楼，毛主席深思熟虑，撰写了《中国红色政权为什么能够存在》《井冈山的斗争》两篇光辉著作，树起了一面山沟里的马克思主义旗帜，奠定了毛泽东思想的基础，他提出的关于武装割据思想，关于部队建设、政权建设、根据地建设的思想，关于中国革命战争的战略思想和策略，关于土地革命的思想和政策，是不朽的理论创造，是马克思主义和中国革命实际相结合的杰出典范和开篇巨著。井冈山斗争时期，毛主席35岁。这次来井冈山，我更加由衷地赞叹，上山时只有700多人的队伍，后来加入南昌起义、平江起义的余部，22年后，却打下了中华人民共和国的江山。这不能不说是辉煌的奇迹。以毛泽东为代表的中国共产党人之所以能创造古今中外鲜有的奇迹。其根本原因是若干年后毛主席总结的党的三大法宝：党的领导、武装斗争、统一战线。

毛主席在《中国红色政权为什么能够存在》中说：红色政权的长期的存在并且发展……还须有一个要紧的条件，就是共产党组织的有力量。没有党的领导这个核心力量，中国革命是不能成功的。毛主席还说：相当力量的正式红军的存在，是红色政权存在的必要条件。枪杆子里面出政权，没有人民军队，也就没有红色江山。

毛主席在《井冈山的斗争》中论述中国革命的性质时说：“要转入到沸腾的全国高涨的革命中去，则包括城市小资产阶级在内的政治的经济的民权主义斗争的发动，是必经的道路。”建立广泛的革命统一战线，同样是我党取得一个又一个胜利的法宝。在井冈山斗争的实践中，毛泽东统一战线思想就开始产生了。

与妻子在江西瑞金红井饮水思源

茅坪乡是井冈山斗争时期遗址、遗迹最集中和丰富的地方，曾是湘赣边界党、政、军最高领导机关所在地。历史红彤彤的茅坪，今朝风光无限。

茅坪乡党委刘书记向我们介绍：茅坪乡结合特有的红色资源，着力推进特殊小镇建设。全乡正在依托丰富的红色文化资源，把跨越时空的宝贵精神财富井冈山精神与党性教育，理想信念教育和革命传统教育相结合，对红色资源进行深度挖掘、整合、串接，推动特色民宿、文化创意、农家体验项目，建设集红色研学教育、休闲农业开发、山村康养度假于一体的大域大景区。

去年春天，习近平总书记在井冈山视察时，曾在八角楼旁会见红军后代、先进模范时说："行程万里，不忘初心。"我党在井冈山斗争时的理想和初心是：推翻帝国主义，求得彻底的民族解放，完成土地革命，过渡到社会主义。90年过去了，我党我军的初心依然没变。

（选自《新民晚报》 2017年8月22日，《解放军报》 2017年8月25日）

策划“八一”晚会

今年，市拥军优属基金会会同市双拥办、上海广播电视台主办的“心中的长城——上海市庆八一拥军优属主题晚会”总策划工作，理事长又交给了我。这虽然是一个很累人的活，但幸好，筹备班子还是很强的，如电视台胡女士是总导演，她的“娘子军”导演班子水平很高，也很敬业。晚会导演组都是精兵强将，去年，他们曾和我一起成功地组织了“军民共庆建军 90 周年广场音乐会”。

我和导演班子精选了节目和演员。颇有文学造诣的李先生长期从事军旅诗歌的创作，我们请他创作了朗诵诗《心中的长城》，对上海人民拥军优属的件件实事作了讴歌，这是晚会的主旋律。晚会请著名演员丁建华、宋怀强、赵静、方舟、刘家桢、陈少泽演绎，他们声情并茂的诗朗诵深深打动了观众。我把电视播出实况微信给了《解放军报》的高级编辑刘先生，他看后对我说：丁建华等人的作品无敌。现在，如你打开手机视频，再听听这 6 位艺术家的声音，会是一种语言艺术的享受。

我们邀请了北大退伍女兵宋玺来演唱《红旗飘飘》。才女宋玺曾投笔从戎，在海军陆战队磨砺，随护航编队亚丁湾护航。她又是北大合唱团的领唱，这样的女孩演唱这样的歌曲，自然成为晚会的亮点，生动反映了当代青年爱党、爱国、爱军、乐于奉献的价值观。

我们选择了以退役军人为主角的两个节目，20 世纪 60、70、

80 年代参军的三位退役老兵，通过歌声和表白展现了老兵的风采。小品《应聘》通过两位退役兵的职业竞争取得双赢，妙趣横生地向观众展示：人民军队是一所培养人锻炼人的大学校、大熔炉，退役军人是国家和社会的宝贵财富。

取材于发生在上海驻军真实故事的情景剧《兵爸爸》，深情地叙述了当代军人在履职和亲情发生矛盾的时候，将履行职责和使命置于家事之上。当剧中故事原型上台与观众见面时，导播特意将镜头切换到观众席上一位市老领导的特写，他热泪盈眶。这是对年轻一代军人的赞许，使人们崇军之情油然而生。

2018 年 7 月 27 日和军旅歌唱家王宏伟在一起

晚会请来了军旅歌唱家王宏伟演唱他的经典曲目《当兵的男儿走四方》。当天上午，我与在北京的他通电话时，他告诉我打完吊针会直奔机场。为了来上海参加这场公益演出，他已经连续治疗身体不适一个星期了。在剧场休息室候场时，我让他坐下歇歇，他坚持站着，以免演出服皱了。上场后坚持再唱一曲

《把一切献给党》,用优美的歌声和最佳的状态为晚会增光添彩。

这台晚会引起了人们的广泛关注,有热心人编发了图文并茂的介绍在微信圈传播。演出当晚和 8 月 1 日、2 日上海电视台播出后,我收到了许多朋友对晚会的赞扬。一位青年教授给我连发 2 条微信说:“非常开心观摩这样一台正能量满满、充满阳光和精气神的演出。现在社会上的年轻人真的需要这样的觉悟和这样的感动!”“看完整场演出,脑海中八个字:情深意切、鼓舞斗志,节目着实感人,我不知咋地就哭了。人性的东西、积极向上的成分,励志鼓舞的力量,充分真实地映照在整台晚会中。”

2018 年 7 月 28 日率上海市双拥艺术团小分队
“八一”慰问驻沪解放军部队一线官兵

令人十分感慨的是:成百上千的人们为这台晚会作出了贡献,包括 90 人的合唱团、70 人的大众乐团、共 300 余人的演职人员,三方主办单位的工作人员夜以继日的加班加点,驻沪部队官兵代表和各区组织的优抚对象代表共 1 500 多名观众，还有晚会主办地海军军医大学全力以赴的保障，从而，在今年的建军节向上海军民奉献了一台精神大餐。

（选自《新民晚报》 2018 年 8 月 19 日）

龙华英魂祭

共和国 70 华诞之年的清明前夕，我和同事们来到龙华革命烈士陵园，缅怀先烈，祭奠英灵。

这里是 1 700 多名烈士的安息地，我党早期许多优秀党员的殉难处。自 1921 年中国共产党诞生，党中央在上海这座英雄的城市历经血雨腥风 12 年。这里是我党开展城市斗争的英雄圣地，是中国百年历史沧桑的一个缩影。

“龙华千古仰高风，壮士身亡志未穷。墙外桃花墙里血，一般鲜艳一般红。”这是革命先烈创作于国民党龙华监狱内的一首诗，是先烈们为争取民族独立和人民解放，坚持信仰和理想，奋斗、牺牲、忠贞不渝的生动写照。

牺牲在龙华的烈士中，17 岁的欧阳立安是最年轻的一位。13 岁，他成为党的交通员，16 岁加入中国共产党，担任共青团江苏省委委员、上海总工会青年部部长。“冲冲冲！我们是劳动儿童团。不怕敌人刀和枪，不怕坐牢和牺牲！杀开一条血路，冲！冲！冲！”这是由他创作并被当年少年儿童广为传唱的歌词。就义前，他的“供词”是：“我是共产党员，就是筋骨变成灰，还是百分之百的共产主义者！”他说：“我为正义，为人民而死，死而无怨！”欧阳立安的父亲是一名老共产党员，早年为革命积劳成疾去世，母亲陶承在失去丈夫和儿子后，坚持斗争直到全国解放，曾写下了回忆录《我的一家》，拍成电影《革命家庭》后，教育了几代青年人。

在龙华烈士陵园的一侧，是原国民党警备司令部和监狱旧址。一块灰暗的“淞沪警备司令部”牌子被置于墙角，告诉人们当年它的罪恶，提醒今人勿忘历史。阴暗的男牢女牢，锈迹斑斑的镣铐，使人们永远铭记忠贞不屈的共产党人。他们当中有：中央政治局常委罗亦农，中央政治局常委、军事部长杨殷，军委委员彭湃、颜昌颐……恽雨棠和李文是一对夫妇，恽雨棠果敢、刚毅，李文聪慧、率真，他俩在江苏武进投身革命，于黄浦江畔相恋结合，并追求同一真理，拥有共同理想。1931 年被捕后，关押在龙华监狱。2 月 7 日敌人对他俩下毒手，恽雨棠拖着沉重的脚镣，步伐坚定，从容不迫。李文怀着腹中的孩子，紧紧依偎丈夫，慷慨就义。陈乔年烈士在牺牲前写道：“让我们的子孙后代享受前人披荆斩棘的幸福吧。”著名左翼作家联盟发起人殷夫，拒绝了在国民党任高官兄长的“好意”，在狱中书写了由他第一次翻译成中文的裴多菲诗句言志：“生命诚可贵，爱情价更高。若为自由故，二者皆可抛。”

监狱牢房的后面，当年枪杀共产党人的刑场，芳草萋萋。一块石碑上镌刻着：此处是原国民党淞沪警备司令部军法处的刑场遗址，1927 年至 1937 年间，许多共产党人和革命志士在此英勇就义。一棵老树的树干上，似乎仍布满弹孔。这里也是著名的龙华 24 烈士殉难处。1931 年 2 月 7 日深夜，在对忠贞不屈的共产党人无计可施的情况下，国民党当局将 24 人秘密杀害，就地埋入预先挖好的深坑。其中有：林育南、何孟雄、柔石、殷夫、胡也频、冯铿等共产党员和左联作家。

1927 年“4 · 12”反革命政变后被捕的陈延年烈士曾说过：我们党不是从天上掉下来的，也不是从地上生出来的，更不是从海外飞来的，而是在长期不断的革命斗争中，从困苦艰难的革命斗争中生长出来的、强大出来的。

烈士墓区，祭扫的人们手捧鲜花络绎不绝。灿烂的阳光下，我和同事们肃立在龙华革命烈士纪念碑前。我们献上花篮，向烈士英魂三鞠躬，默哀，默念：我们脚下的共和国土地，会永远是红色的。

（载于《新民晚报》 2019 年 4 月 5 日，《解放军报》 2019 年 4 月 15 日）

境外篇

社会主义伦理的核心是集体主义和利他主义，资本主义伦理的核心是个人主义和利己主义，社会主义理所当然优于资本主义。

环球之旅随记

题记：资本主义社会是富人和穷人的世界。

国家发达就必须物质文明与精神文明同步发展;精神文明不是社会主义的专利,物质文明也不是资本主义的专利。资本主义发达国家的两个文明在许多方面优于我们,都有值得我们学习的地方。

勤能致富,惰能生穷。

军队必须有与社会相适应的待遇才能有地位,但太过则脱离人民。其性质和宗旨决定在人民心目中的地位。

时间：2001 年 8 月 5 日—18 日。

8 月 5 日,下午 3:15 从浦东机场起飞,1 个多小时后飞经日本九州岛、大阪。

8 月 6 日,西半球 8 月 5 日深夜,上海时间 6 日中午 12:00。推窗：皓月当空,脚下云海茫茫,MD11 正在太平洋上空,白云在下如团团棉絮。

8 月 6 日上海时间 2:00 许,美国当地时间 5 时许,东方红,霞光万丈,飞机仍在太平洋上空。深感地球、宇宙之奥妙。

机上看了微型电视《阿甘传》,读到了一些美国文化。

8 月 6 日、8 月 5 日 10:25(当地时间,以下均如此)飞抵洛杉矶,飞临美国西海岸后,只见西部也是黄土沙丘,可见可以开发开化。

2001年8月10日"9·11"前一月,在纽约
哈德逊河渡船上,背景为曼哈顿和自由岛

8月5日下午去好莱坞。

美国人的生意经真是到了家,好莱坞赚游人的钱事半功倍,出奇、出新、自由、放任是好莱坞的灵魂,也是美国文化的特征。

洛城的"星光大道"还是挺吸引人的,影星的足迹手印也成了人们的观赏物。

8月5日中、晚均在华人餐馆就餐。

地球上凡有人的地方都有华人,中华民族是个伟大勤劳的民族,也不容易。晚餐后逛华人超市,如同上海超市在洛城。

8月6日晨,一觉睡醒,时差已消。

只见窗外马路上小车如梭。

洛城行人很少,车流如鲫,足见美国人生活水平之高。

四星级的宾馆很简洁(装修),但房内设施应有尽有。

美国人是最讲实际的。

8 月 6 日从洛杉矶到拉斯维加斯。

一路见沙漠治理良好,美国人还是有办法的,当然他们有财力。

8 月 6 日下午、晚,拉城观光。

赌城名不虚传,逢楼必有赌场,但我见了很烦躁,也许是天热,也许是我无兴趣。

室外闷热得如同干蒸。

毕竟在沙漠中建城不易,17 亿、24 亿美元建一幢楼只有老美才做得到。

是日晚,观看一台美国文化演出,舞美不愧为世界顶级水平,艺术家献艺也执著无比。

8 月 7 日从拉城到纽约,从飞机上看,美国中部也是丘陵,多为黄土地,土地不沃,看来老美的发展靠科技进步、工业化。

8 月 7 日下午抵纽约,住曼哈顿,临百老汇。机场一路行来道路设施破旧,街区行人道上竟杂乱堆着垃圾,这就是富人的天堂? 富人住的天堂到郊区别墅去了。

8 月 7 日晚,孙博士、胡总在华人餐馆宴请,众人喝了 2 瓶 XO,在纽约一醉方休。

8 月 8 日上午,登帝国大厦,观曼哈顿鳞次栉比的高楼群。帝厦高度、设施已不稀奇,稀罕的是 20 世纪 30 年代就有此一建筑,中国比美国落后近百年,从下午所见洛克菲勒公司 30 年代的建筑群(地上地下)可见一斑。

2001 年 8 月 9 日，会见纽约市退役军人协会
哈维・巴格董事长和文森・麦加文总裁

8 月 8 日下午，在纽约退伍军人协会会见哈维・巴格董事长和文森・麦加文总裁，对方用高档西餐招待。

主人告：美国青年人当兵比较积极，因为 2—3 年后回来政府给 3.7 万美元补贴，服预备役也有经济补偿，并就业优先，与 15 年前不愿当兵(越战影响)大不一样。

8 月 8 日下午，看联合国大厦，广场上打结变形的枪管雕塑和残破的地球模型昭示了联合国的宗旨：反对战争，反对核武，维护和平。中国国旗高悬在大道旁，自立于世界各国之林。

8月8日晚,欲去阿根廷,因黑人小姐业务不熟误机。

经孙博士据理交涉,总行程延缓2天,在纽约滞留1天。美航方赔礼道歉,提供纽约至布宜诺斯艾利斯公务舱机票差价,提供伊斯坦布尔至巴黎机票。博士执著:不能让老美小瞧中国人,要善于依法维护自身权利。

8月9日下午去自由岛,法兰西人送给美利坚人的自由女神像是美国——纽约人自由的象征,也是资本主义的象征。不同的历史文化、社会制度和国情有不同的偶像,美国偶像若变成中国偶像,肯定是中国人民的悲剧。

远眺曼哈顿,哈河东河交汇,无愧淌金之地。世贸中心姐妹楼亭亭玉立。

请1位黑人孩子合影,黑人孩子与母很高兴。请1位白人警察合影,听说我们来自上海,他脱口而出:上海,漂亮!

8月9日晚,李、许、张、朱赴阿根廷。胡、封、祁留美去华盛顿,由此兵分两路。乘坐美航777大型客机,夜航。8月10日早上抵达南美洲阿根廷首都布宜诺斯艾利斯。

阿国是发展中国家,农业为本,机场出口处陈旧。但一路南美风光,令人心旷神怡。

旅行社导游廖小姐是台湾人,下午陪同看闹市区,处处西班牙风味,因阿国曾是西殖民地,用西班牙语。

这里是冬天,廖小姐说是暖冬,故加件毛衣,从炎热的纽约到冬季的布市,非常舒适。

孙博士告:美国贫困线为年人均收入2万美元以下,政府救济。

医院先救人,再结账或记账。

医保、失保优惠,美国人花1元钱能创造3元以上的价值,可目前中国人花1元钱只能创造1元左右价值，甚至更少。这就是差距。

8月10日下午，在布宜诺斯艾利斯街头观光。

布城是老城、大城，处处显现历史上的辉煌，现今时代的滞后和陈旧。艺人在街头卖艺，有装雕像的、有杂耍的、有跳探戈的，整个街景如同一幅风景画。

8月11日晚，主人安排去观“探戈秀”，典雅的厅堂，激情优美的音乐，风情万种的西班牙裔女郎，这里曾经吸引了如克林顿等世界名流。

2001年8月11日，在布宜诺斯艾利斯与中国阿根廷友好协会副总裁帕拉桑交流

阿根廷是“探戈”发源地，这真是一台南美高雅的艺术，一台典型的欧美文化，魅力无穷的男女探戈演员的精湛表演，堪称世界一流，令人回味无尽。

8月12日早上，观看布市马岛战争阵亡烈士纪念碑，卫兵一腔肃穆。马岛战争，阿国先赶走了英军，收复马岛。尔后，麻痹兼指挥不当，国力军力不支，又被英军战败，马岛得而复失，阿国至今创伤未愈。但阿军将士浴血奋战将永载阿国史册，烈士英名长存。

8月12日上午，与中阿友好协会副总裁帕拉桑等会谈。

我问帕先生阿国青年愿否当兵，他说“不”，回答既干脆又精彩：军队是政客和统治阶级的工具，政客利用军队对付老百姓，老百姓不拥护军队。老百姓视三军为富人的保护者，军队被政客利用。另外，青年在军队中发展时间长、不易。军人福利很好，富人能享受的军人也能享受。

阿国不实行义务兵，筛选严格，中学毕业要经考验。

士兵月薪600美元，与一般社会青年同样标准。服役30年退役后仍可拿80%。

8月12日下午，去老虎岛旅游休闲度假区观光。

整个旅游休闲区一片原始风光。导游小姐介绍阿国人是个享乐民族。这里几百年来没有天灾，如地震、台风、洪水等等，也没有战争，一战、二战离这很远，前些年发生的英阿马岛之战也远在1千多公里之外，所以这里的人很图安逸(10日是周五，步行街上熙熙攘攘，11日是周六双休日，步行街上冷冷清清，人们逛街选在工作日)。图安逸的民族少有希望，所以这个历史上曾经辉煌的国度现已落伍为第三世界国家。正如帕拉桑总裁所言：中国能飞跃发展，我们不能、没希望。

8月12日晚，应阿国上海同乡会会长陈先生之邀，到“枫林小馆”就餐，在远在天边的地球这一端，就像在上海一样，主人的中国菜肴丰盛而地道。

8月13日，上午：市区观光、购物。下午：去草原农场看赛马竞技，农场主5岁的孙子小马仔给人留下深刻印象。

一路上，只见草原青青。阿国土地辽阔肥沃，人口只有3 000多万，这样的国家如人们勤奋，定能变成富裕发达的国家。

8月13日乘机离阿国布宜诺斯艾利斯，一夜航程，8月14日早上抵返纽约。与胡、封、祁会合，似久别重逢。

8月14日上午，去西点军校观光，这真是个占尽天时地利的风水宝地。

在艾森豪威尔厅与艾翁塑像留了个"兄弟"影。并与美国男女兵留了个"兄弟兄妹"影。

8月14日下午，在专卖城参观，从中可见美国人的生活质量确实比中国领先50年以上。

傍晚赶飞机，路遇堵车，李兄说：大家不要急，上帝在等我们。我赶紧作补充纠正：上帝要求飞机等我们。

8月14日晚，乘美航班机飞土耳其，因迎着太阳飞，黑夜只有几小时，又见阳光灿烂，真是天象奇观。

8月15日早，抵达伊斯坦布尔，这个横跨欧亚大陆的城市，风光秀丽、山水相连，一派地中海风光。

是日晚，在希尔顿饭店看土国风俗演出，又欣赏了一番中亚文化。

8月16日上午，拜会伊斯坦布尔中国总领事徐鹍夫妇。

我国驻伊斯坦布尔总领馆位于风光秀丽的普斯布鲁斯即黑海海峡旁，湛蓝的海水就在使馆门前，正对海峡黑海口，战略地位十分重要。

徐总领是上海人，月薪只有800美元，国家真是亏待了他们。

国家强，使节们日子才好过。到了国外，最能深刻体会国力、国家地位的影响力。

8月16日下午，参观罗马帝国皇宫。罗马帝国显赫一时，但最后还是衰败了，其原因不外乎与我国强秦、盛唐和大清帝国一样。看来江总书记的“三个代表”论述既适用分析历史现象，也适用分析当今世界。

8月17日上午，游览马尔马拉海、黑海海峡。慨叹大自然把这么好的自然环境赋予伊市、土国。

8月17日下午，离伊市乘机抵巴黎，戴高乐机场不愧是世界一流机场，各国需要取长补短，我觉得浦东机场不如戴高乐机场。

8月17日傍晚乘机离巴黎飞香港，夜航加日航，航程9 286公里，用了12小时。香港时间8月17日下午抵港。半月在各洲辗转，终于回国回家了。在法航班机上见到受聘的中国空姐，尤感亲切。

8月17日晚，与相洪同志去维多利亚港湾，一睹“东方之珠”的晚间风采。

8月18日晚，回沪。降落虹桥。飞机下降时遇乌云电闪，忽上忽下，人们受惊。真是环球之旅一帆风顺，到家门口反受波折。李兄夫人，建华之夫人、女儿，民政局办公室主任、外事处处长等一干人到机场接，尽显亲情、同志情，十几个日夜弹指一瞬间。至此，行程5万多公里，环地球一圈多，历时半个月，其中5个夜晚在班机上，过四大洲、两大洋。终身受益，永世难忘。

后记：赴美考察1个月后，2001年9月11日，纽约时间早上八九点钟，北京时间晚上八九点钟，恐怖分子劫持飞机先后撞击纽约曼哈顿世贸中心双子楼，双子楼轰然倒塌，曼哈顿亮丽风景不再。时正在北京京西宾馆出席全国征兵工作会议，与会将校同行感慨万千：恐怖主义惨无人道，是反人类、反文明之行为，应予谴责。

（应出访团同伴要求而作）

旅欧随笔

题记：欧洲资本主义世界之所以发达，是因为有两次伟大的革命：文艺复兴和工业革命，一部中国近代史之所以由盛而衰，恰恰是缺少了上述两次革命。这是中国与西方资本主义国家存在巨大差距的主要原因。

西方资本主义世界普遍缺乏朝气，但一片安宁，因为富足，别无他求。只有美国人仍然朝气勃勃，因为要称霸，有动力。世界上有朝气的国家还有我们中国，因为要复兴，动力足。

物质文明、精神文明俱佳，勤奋从业又无忧无虑，环境优美加生态平衡，轻松生活，但愿未来的人类处处如此，该有多好。

时间：2004 年 9 月 18 日至 10 月 4 日。

波尔图的葡萄酒最香

9 月 18 日晚 11:45，东方航空班机从浦东机场起飞。夜航。机上 6 个洗手间 3 个贴了封条。我问空姐：这不是国际航班吗？她答：没有办法，否则航班要误点。

9 月 19 日上午 11:45(当地时间早上 5:45，以下均为当地时间)，航班降落巴黎戴高乐机场。在机场大厅一隅用了早餐，法式棍子面包加热牛奶，正宗的西点很有味。

9 月 19 日 10:20，乘坐法兰西航班飞葡萄牙，12:20 降落首都里斯本。

9月19日下午，观里斯本全景，在欧洲大陆的最西边眺望大西洋。尔后乘车去波尔图，在华人饭馆用晚餐后波尔图宿夜。

9月20日上午，观波尔图全景，去加亚酒厂。加亚镇的店堂里处处酒坛，酒厂的库房里酒桶有二层楼高，香气诱人。葡国的土壤气候使葡萄有上乘的质量，而加亚酒厂的葡萄酒世界第一，尝了意犹未尽，每人又带2瓶，哪怕有万里归程。

9月21日上午，返回里斯本，参观市政厅，贝特塔楼。导游李根生先生在里斯本海滨广场作介绍：葡国人口1 000多万，人均国民收入1万余美元，为中等富裕国家，靠加工工业和旅游收入，每年有2 500多万游人来，在该国人均待7天。葡国人生活优哉游哉，已无城乡差别。青年服兵役人均3月，服役期间工资收入比就业时高几倍。现为中立国。但在11世纪，其远洋舰队曾称雄世界，在最西边的小国到最东边的大国占领澳门就是明证。靠冒险发展，由“海盗”起家，就是这个国家的辉煌历史。15世纪，葡国的黄金储量居世界第一。

下午，去美丽的辛德拉镇，该镇1995年被联合国列入世界文化遗产。镇后山上为贝纳宫，小国之君的夏宫。

傍晚，逛里斯本哥伦布商业中心，建于1998年的此中心有420个商场、10个影院、64家饭店、6 800个车位的停车场，号称世界第一。大概显然，葡国人还有在世界辉煌过的心理。

西班牙的弗拉门戈最犷

9月21日晚10:20，从里斯本乘火车赴西班牙，乘车人寥寥，不用检票，车厢隔音，大概是国际列车的水准。

9月22日8:00抵西班牙首都马德里。接待我们的是小伙子司机小王和贾小姐，两人路不熟但很热情，他们最津津乐道的，是雅典奥运会举行期间，随着中国代表团金牌的增多，房东和邻居老太太在他们面前的赞美声。

马德里的王宫很有气魄，不愧是当时的西班牙王国的宫殿。西班牙广场、哥伦布广场，处处雕塑，金戈铁马，一个国家，都把征服周边、扩张疆域的皇帝和将军视作民族英雄、世世代代引以为豪。

9 月 23 日，起了一个大早去机场，乘 8:20 航班飞往巴塞罗那。导游先生是老上海，带着我们观地中海阳光沙滩。这里是萨马兰奇的故乡。登上巴城附近的山头，才知这个地中海边的城市规模不小。来到神圣家教堂，令人称奇，一位称作怪才的设计师，创作的教堂举世无双，因设计师在世时未建完，后人接着建，已建了 100 多年，仍有意未竣，真是奇观。西班牙的建筑风格是世界首屈一指的。

当晚，观地道的弗拉门戈舞。西班牙的舞男舞女粗犷的舞姿充分展现了民族风情，歌唱演员用真嗓真唱，不用麦克风又近乎歇斯底里。难怪，斗牛诞生在西班牙。斗牛士广告在街上比比皆是，血淋淋的尖刀插在牛背上，与斗牛士手中的红布相互争艳，是美？是恐怖？曾有慈善人士提出禁止斗牛。但一个民族的风俗岂能禁止得了。歌剧《卡门》中的《斗牛士之歌》已风靡世界许久。这是一道风景。

戛纳的电影迷最靓

9 月 24 日 8:45 又乘火车，离巴塞罗那赴法国马赛市，在蒙特利埃市转车，幸亏一位法国小伙带路上了另一列车。小伙子在上海做过会展，我们欢迎他再来上海。

下午 3 时抵马赛站，出了车站，第一印象是一位高大的纯黑人警察。法国是个移民国家，马赛是它的窗口，导游兼司机吴平说马赛治安不好，非洲人横渡地中海来的比较多。

参观圣院后，到老港观光，现在的马赛港仍然是百年前的模样，高楼群可与上海外滩媲美。20世纪20年代邓小平就从这里登上了法兰西土地。也许这使小平同志的思想比较开放，他是最早领略西方工业化的我国领导人之一。当晚在一家越南人开的餐馆，用了一顿此行最差的“中餐”。

9月25日上午，乘车离马赛抵戛纳。每年颁发金棕榈奖的影院无疑是戛纳的亮点，适逢一部新片上映，使我们得以目睹什么才叫“影迷”。剧院广场四周围满了人，只要一位演员在入口处下车，全场就一齐有节奏高喊。更令人悦目的是，影迷们个个衣着华贵典雅、鲜艳夺目，浓妆淡抹，不是明星，胜似明星。远远望去，金黄色的头发在飘动，色彩斑斓的服装在摇曳，这片风光可能世间不多，我在好莱坞不曾看到，法兰西人的文化底蕴是美国人不能比拟的。

以上是戛纳风景的一面。还有另一面，则是影院南临的地中海，碧海蓝天，金色沙滩，各色阳伞，和享受地中海阳光沙滩的男男女女。这一切，加上沿海岸构建的风格各异建筑群，高耸街道两旁的棕榈树，不由得使人叹服，法国人在这里设立一个电影节是绝妙的选择。

中午在戛纳用了一顿味美的中餐，戛纳的街道、店堂、菜肴都显得雅致，似乎是文化的品位。

挡不住地中海的诱惑，金、张和我3人下海游水，尔后在躺椅上听涛看海，心旷神怡。当晚宿尼斯城郊旅店。

9月26日上午尼斯观光。尼斯的海滩没有沙而是鹅卵石，真难以置信。与戛纳海滩一般，有那么多的裸男裸女泳后躺在烫人的石块上晒胸晒背，也许地中海的阳光保健。

摩纳哥的豪车最多

下午去摩纳哥公国。这是一个建在山顶上的国家，首都的面积似乎就是国家的面积。这又是一个极富有的国家，人均月收入 5 000 欧元。摩纳哥最诱人的不光是风景，还有赌场。赌场外，豪车接连驶来，法拉利、雪佛莱、宝马、奔驰，五光十色，顶级跑车比比皆是。与这儿比，拉斯维加、葡京显然逊色。

富豪、车豪、宅豪，在这个世界上，富人在天堂，在地上的人太多太多，这就是资本主义世界。这个世界太不平等。

9 月 27 日上午尼斯购物，下午从尼斯机场登机赴巴黎。尼斯机场堪称世界上最佳的机场，设施一流，大概是由于位于戛纳和摩洛哥之间，是欧洲人、富人来往最多的地方。

班机飞越横贯欧洲的阿尔卑斯山脉。当年拿破仑率军征战翻越此山时豪气冲天，说“我比阿尔卑斯山高”。后来还是滑铁卢惨败，客死荒岛他乡，后人才将其遗骸运回故里。可见世事莫测。

法兰西的皇宫最奢

16:27 抵巴黎，旅法的东北武姓小伙接机。在协和广场旁用晚餐，法国大革命死了太多的人，斗后和，“协和”名称由此而来。乘车观塞纳河夜景和埃菲尔铁塔灯光。巴黎的夜晚是浪漫的。

9 月 28 日上午，去巴黎圣母院，这是七世教皇为拿破仑一世皇帝加冕的地方，前后建了 182 年。又由于雨果的小说和同名电影，使这座教堂充满了神奇色彩，美女艾丝米纳达、钟楼怪人卡西摩多是虚构的，但人们总想寻访他们的足迹。追求真善美，是人类永恒的主题。宗教教义大都崇善，因为人之初，性本善。由于世俗侵蚀出现了不善，所以劝诫人们从善。我们实行宗教自由是对的。

接着，一行人登上了塞纳河的游艇，听着艇上音箱里的中文解说，好像回到了国内某个地方。但两岸的楼、河上的桥却是世上不多见的。有人说，二战时法国政府向德军投降，才避免了对巴黎的轰炸摧毁，从而使巴黎的建筑保留得如此完美。倒不是肯定投降主义，事物总具两重性。

中午餐毕，登埃菲尔铁塔，观巴黎全景，四面皆灰白色的古建筑，巴黎是座古城，只是西边远处有一群现代建筑，法国人十分注意协调，现代建筑建在一处，不破坏老城的风格。

下午去凡尔赛宫，路易十四至十六世时法国王朝的皇宫，欧洲封建王朝的奢侈尽显其中，我们的故宫与其相比，显得有些土气，欧洲的洋气源于工业革命和文艺复兴，生产力发展了，属于上层建筑的文化、艺术水平就随之提高了。中国的古老文化，如《诗经》《春秋》《礼记》，唐诗宋词，秦汉文化，乃至火药、印刷、织布技术，无一不是生产力发展的结果。

当日是中秋节，导游兼司机小武和女友与我们一起用晚餐，适逢志岩小姐生日，虽然只有 2 只月饼，但大家都品尝得十分香甜。

9 月 29 日上午，访问法国民主劳动工会。主人向我们介绍：世界上最早的《劳动法》是拿破仑一世创立，法国的法制是完备的，也是工会组织最健全的国家。全国有 5 个大的工会组织，员工可以选择参加任何一个工会。工会能主导政府某些决策。

下午，从协和广场步往卢浮宫。协和广场是国王路易十六和王后玛丽·昂图娃奈特上断头台的地方,当时她拒绝在此绝命,因为此地也是他们举行婚典的地方。但革命者还是在具象征意义的地方革了他们的命。据说,当时穷人们游行到凡尔赛宫,人们高喊"要面包"的口号,这个蠢后对游行者说,面包有什么好吃,我天天吃蛋糕——路易王朝也该终结了。

参观卢浮宫,法兰西帝国的皇宫,奢华无比,现已成为展现法兰西历史文化的博物馆。断臂的维纳斯大理石雕像,是西方美女的经典,如今珍藏于此。蒙娜丽莎油画不愧稀世珍品,人们簇拥在前拍照留念,流连忘返。《蒙娜丽莎》去过美国,去过苏联,据说有人在策划来一回中国,但法国人已不太敢让她再漫游世界了。

卢浮宫内原设有中国馆,展品大都为八国联军掠夺来的战利品,由于到访的中国人越来越多,大概主人有些尴尬,已移往别处。

奥地利的风光最美

9月30日,9:45乘机离巴黎,11时飞抵奥地利首都维也纳。下午去美泉宫,是皇后希茜公主的花园宫殿。宏大的宫殿,如画的花园,不愧为绝代佳人的居所。

当晚,就在美泉宫的宫廷里欣赏了一台音乐会,乐手、歌手和舞蹈演员虽不属一流,但却是一台地道的音乐西餐,原汁原味,韵味无穷。

10月1日,祖国的国庆。上午,在维也纳观光。由于时间不多,只能在这个音乐之都的金色大厅外留个影,在蓝色的多瑙河畔照个相,还在这个世界音乐之都用欧元当人民币买了几张正版音碟。

下午，赴萨尔茨堡。途中，游月亮湖，湖光山色，别墅映隐，画中游人，人如画中，胡蔚女士竟想成为天鹅徜徉湖中。

傍晚，萨市观光，河上的莫扎特桥颇有风格，教堂的钟声别有意蕴。在莫扎特故居前，人们信服：这里应该是产生音乐大师和杰作的地方。由莫尔作词、格鲁伯作曲的著名圣诞歌曲《平安夜，圣善夜》就首次在萨尔茨堡的尼古拉教堂传出。莫氏古居前的食品店柜中，竟有几只蜜蜂在诱人的面包上采蜜：连生意人的甜点上也跳动着音符。

慕尼黑的酒徒最狂

10 月 2 日上午，离维也纳赴德国慕尼黑。车过奥德边境，只一块标志牌，典型的有边无防。若是地球上皆如此多好。

进入德国境内，高速公路两旁的山坡、田园、别墅都像刻意修饰过的，十分精致，风景处处如画。

下午，慕尼黑市区观光，在市中心广场上，竟有几个邪教分子在献丑，真大倒胃口。旅居德国的导游小张说“真是烦透了”。

来到有着 100 多年历史的啤酒屋，真是开了眼界，男女酒徒们唱着、喊着，用厚底酒杯敲着厚厚的木桌，忘情地享受着人生。没有座位，只得在店堂里转了一圈，也算见识了德国的啤酒世界。

10 月 3 日上午，游慕尼黑奥林匹克公园，体育场连着公园，公园里有山有湖有水，路上一尘不染。宝马公司的大楼映印在湖中，奔驰集团总部也在慕市。德国人月收入 2 500 欧元。德国的工业其实是全球实力最强的，德国货信誉极高，若不是二战，世界第一经济体应是德意志。一方面，日耳曼人是世界上最优秀的民族之一。另一方面，工业革命七百年前起源于德国。

而我国，才刚刚开始工业化。

下午3时许，从慕尼黑机场启程回国。

晚11时许，在巴黎戴高乐机场转机飞上海。候机厅里，中文与英文交替广播，像是在上海。不是巧合，回飞的班机与来时同一机种，但机内的完备设施、空乘周到的服务、礼貌的微笑道出了与国人的主要差异：素质。

10月4日下午4时许，航班飞经虹桥上空后，降于浦东机场。待坐车进入市区，已是万家灯火：这是一趟平安的旅途。

（应出访团同伴要求而作）

北欧五国行

题记： 社会主义伦理的核心是集体主义和利他主义，资本主义伦理的核心是个人主义和利己主义，社会主义思想理所当然优于资本主义。但现状还不尽人意。

北欧发达国家的经济生活水平似乎处于共产主义初级阶段，而我们则处在社会主义初级阶段。他们在享受生活，我们在创造生活。

世界各地都有“中国龙”。

规律的存在是相对的，因时、因地而易，地球上就有这样一个地方：太阳从西边落下，太阳还从西边出来。

时间： 2006 年 7 月 2 日至 14 日。

地点： 芬兰赫尔辛基，瑞典斯德哥尔摩，挪威卑尔根、奥斯陆，冰岛雷克雅未克，丹麦哥本哈根等。

芬　兰

2006 年 7 月 2 日，星期日，上午，北京时间 10:48，考察团 6 人乘坐的芬兰航空公司空客从浦东机场起飞，北欧五国之行开始。

北京时间 7 月 2 日 20:00，当地时间 14:30（以下均为当地时间），班机平安降落赫尔辛基机场。芬兰大地一片葱绿，天蓝水蓝。

2006年7月，参加市人事局考察团在赫尔辛基
同芬兰中国发展与交流中心举行工作会谈

这里是圣诞老人的故乡，是一个森林王国，65%的国土被森林覆盖。这又是一个福利国家，连全民高等教育都由政府埋单。但它的历史并不闪耀，它曾被瑞典统治了500多年，又被沙俄统治了100多年。

晚餐后赫尔辛基市步行街观光。

北欧夏季日照有10多小时，享受日光浴和喝酒的人到处可见，这是北欧人的生活习惯。

7月3日上午，在赫尔辛基世贸大厦会见我国驻芬兰大使馆二秘田中先生、芬兰中国发展与交流中心首席执行官杨二林博士、中运集团公司陈焕标总经理和部分中国留学生。

主人向我们介绍，芬兰对华友好，1950年就与我国建交，去年对华贸易达50多亿美元。团长向旅居芬兰的同胞们介绍了上海的社会、经济发展情况以及人才需求情况，留学生们表达了回国创业的愿望，都把上海作为首选之地。

7月3日下午，去岩石教堂。这是芬兰一对兄弟的创意，在岩石山上爆破辟出一块大空地，四周仍是岩石山体，顶部用透明材料遮雨，成为教堂，也可在此举办音乐会，现已成为赫市的一个著名景观。

到天文台公园，站在高处观芬兰湾，碧海蓝天，心旷神怡。

又去西贝留斯公园，在雕塑家的硕大管风琴作品前留影。

下午5:30，在结束芬兰的匆匆旅程后登上5万吨级的“维京”号游轮驶离赫尔辛基赴瑞典。

“维京”轮上宿夜，因疲倦，只有徐局长没留遗憾地领略和品味了豪华游轮上的夜航。

瑞　典

7月4日上午10时，游轮抵北欧名城斯德哥尔摩。

瑞典王国是北欧最大的国家，面积44万平方公里，人口883万。在一、二次世界大战中均保持中立，是一个崇尚和平的民族，国民性格冷静而富创新，因而孕育了以诺贝尔为代表的众多科学家，国民收入曾一度位居世界第二。如今，沃尔沃、爱立信、宜家依然是领先国际的品牌。

参观市政厅，每年12月10日，都要在这里的蓝色大厅(实为红色瓦墙面)举行诺贝尔奖颁奖典礼的晚餐会。

处在波罗的海沿岸的斯德哥尔摩，从13世纪开始就在重视生态环境的原则上建设现代化都市。在骑士岛上留影，从任一角度取景，古典、现代建筑和山川的和谐美，碧海、蓝天白云和绿树的生态美，都令人惊叹。

在皇宫看卫兵换岗，是一件令人后悔的事，2位军官在开始前轮流啰唆 3 次，足有 20 分钟，倒是与卫兵合影还有点感觉。

下午去沉船馆，一艘木结构战船，沉没后捞起来，建成一个展馆，供人们参观，以宣扬民族历史，弘扬爱国主义。瑞典历史上也有一个海盗时代，航海、造船业发达。它被丹麦征服过，也曾战败于沙俄。但以后的中立和战后的经济振兴使之在 1950 年成为居世界之首的福利国家。

傍晚，瑞典凯西亚信息中心徐芙蓉女士为访问团举行工作晚餐。

晚餐后，与郭局长漫步梅拉伦湖畔，体味斯德哥尔摩的宁静、安逸和洁净。清澈的湖水拍岸，休闲的人们在水上酒吧享受美味，水无污染，空气无污染。在整个北欧，所有的自来水冷水龙头打开流出的都是可饮的矿泉水。优质而悠闲的生活、有条理而慢节奏的工作加上优美的环境使我觉得：北欧富国似乎处在物质的共产主义初级阶段，而我们则处于社会主义初级阶段，他们在享受生活，而我们还在创造生活。

7 月 5 日上午 10:30 离斯德哥尔摩飞往挪威卑尔根市。

挪　威

原以为卑尔根是一个不起眼的小城，抵达后才知道不然。它是挪威第二大城市，历史悠久。12 至 13 世纪，这里是挪威的首都，具厚重文化，著名的布吕根木屋已被联合国教科文组织列入世界遗产名录。

卑市是处在北欧最西边的半岛城市，也是峡湾城市。热闹的鱼市场飘着鱼香，登上弗勒于恩山，会发现这个城市乃风水宝地。在城市中心街道漫步，或坐在从海盗到现代海员的“海之男儿”纪念碑旁休憩，看着男女老幼的众生相，会是一种享受。

挪威王国面积38万平方公里，450万人口，人均国民收入近5万美元，是欧洲，也是世界最富的国家之一。其丰富的石油资源给人民带来了富足，该国建立的石油基金在数百年后即便无经济来源，也能保障全国人民的基本生活数百年。这是大自然对挪威人的恩赐。

7月6日上午乘大巴离卑尔根往奥斯陆开始峡湾之旅，此行将从西部横穿挪威王国到东部。

地球的造化，冰川的侵蚀和海水的侵入，使挪威有千余公里的峡湾，海水进入内陆，万吨游轮得以在挪威腹地航行，从而给世界各地慕名而来的游客以难忘的愉悦。

海水、峡谷、冰川、雪山、瀑布加上蓝天和白云，大自然给挪威人的礼物使人颇生妒意。

游轮沿世界上最长、最深的松恩峡湾把我们带到了小镇佛拉姆，在火车餐厅用午餐后购物。大巴又沿蜿蜒的盘湾公路抵达晚宿地风景优美的小镇巴勒斯特朗。

7月7日上午，继续峡湾的旅程，大巴行驶在一湾湾的碧水旁，司机山姆大叔的车技堪称一流。更令人兴致盎然的是，山姆稍作绕道把我们载到了他家所在的小镇，我们把它称作“山姆镇”。他叫雇员用自家公司的林肯房车接我们去他家，并绕镇一周。

山姆家的女人用蛋糕和咖啡招待我们。他家的小别墅建在小山坡上，地下室是仓库，二楼自用，三楼出租。山姆向我们介绍，他有一子一女并第三代，都已分开过日子，并让我们看了他年轻时的照片，那时是一个英俊的小伙子。但没有介绍其妻，估计已分手。导游章小姐说，挪威的离婚率世界第一：90%。

中午，在欧洲最大的布莉克斯达冰川下用餐。

下午，游览著名的盖格伦峡湾。

夜宿盖伦格旅店，晚餐后去“房车村”一睹北欧人家的休假方式和场地。

7月8日上午，大巴穿行在山头盖满白雪的山脉中，下车拍照，寒气袭人，路旁不时有小屋，挪威有些人度假选择孤独，大雪封山后在山上住几个月，真令人费解。

中午，在1994年冬奥会举办小城里勒哈默尔用餐。晚抵奥斯陆。

晚餐，为徐局长过生日，在异国他乡的生日宴别有风味，山姆还送了生日礼物。

晚餐后奥斯陆滨海散步，见一被圈围的广场人声鼎沸，门口还有警察守护，原来是人山人海看足球世界杯。世界各国有三点共同之处，一是都热衷吃喝，二是到处有香烟屁股，三是“妈妈”的称呼发音雷同。现在可以增加一样：都有球迷为世界杯足球赛而疯狂。

7月9日上午，参观维尔兰公园。维尔兰不愧为伟大的雕塑家，他把人从生到死作面面观，刻画得惟妙惟肖，《发怒的小男孩》《生命柱》称得上旷世绝作。

登奥斯陆后山观全景，看滑雪跳台等。

下午，去城堡、皇宫，到国家艺术博物馆欣赏北欧艺术家的杰作。蒙克的画作《呼喊》（又名《尖叫》）多少为我们解开了一些对北欧社会的疑虑。画中的人物在歇斯底里叫喊，背景是一片昏暗，显然这不是北欧的自然景观，而是人的心理状态。北欧冬季很长，有时1天只有2小时阳光。有时白天只有亮光，没有阳光，黑夜漫漫，人们的压抑感可想而知。加上物质上无所以求，所以忧郁症患者与离婚率均为世界前列。大自然是公平的，它不会把好处都给一方。

傍晚时分至机场，因是周日，机场退税处已无人上班，徐、俞

2人无法办理退税手续。如是国内,国际机场办理退税手续应是有航班就有值班的,可见西方国家太注重个人的权益,哪怕不顾他人的权益。资本主义伦理的核心是个人主义和利己主义,社会主义伦理的核心是集体主义和利他主义,社会主义思想理所当然优于资本主义,尽管目前资本主义经济比社会主义发达。

晚10:10,乘冰岛航班离奥斯陆飞往雷克雅未克。

冰 岛

午夜12:40降落冰岛,太阳还在地平线上徘徊。导游张先生接机,他自我介绍原是国内体操队教练,现已入籍冰岛,真是地球上处处有"中国龙"。

冰岛还没有自己的国际机场,据说是因百姓富而政府穷,至今使用的是美国军用机场设施,美国人在这战略要地租用这块土地已有多年,冰岛政府为了国际交往方便,过两年将不出租了。

7月10日上午,开始冰岛金环风景之旅。

冰岛人口30万,面积10万平方公里,其中有12%的冰川,1%的森林,3%的河湖,62%是荒漠,满目是火山岩,是远古火山喷发形成的陆岛。我们来到地壳大裂谷——欧美大陆板块的分界线,深感地壳运动的无比威力。

冰岛绝不是荒岛,它是欧洲自由民主发祥地,在当时整个欧洲都是君主立宪制的情况下,它独树一帜于1881年立国,成为唯一议会制的国家。由于其祖先是挪威海盗上岸,第一次国会会议在露天开,其旧址也成为冰岛国家的荣耀。

冰岛空气洁净,库尔朴斯黄金大瀑布颇为壮观,远眺兰格冰川,可惜因时间不多不能近观,但每隔五六分钟喷一次的间隙喷泉令人叹为观止。

7月11日上午，雨，去蓝湖温泉。因人工湖水蓝色而得名。可能这是世界上最值得一泡的温泉，引入的海水曾下到1 000多米地层靠地热加温，再掺入矿泉水，各种矿物质齐备，38℃水温，对体肤的益处无法言语。许多美洲人一下飞机首先来此享受。

这是事后回味不可多得的“蓝湖刺激”：气温11℃，大风6级以上，入水出水时冷得打颤，水气、热气、雾气、寒气在湖面翻腾，雨点和冰雹抽打着身体，使人顿觉阴森和恐怖。但上岸以后，感觉妙不可言。

下午，去市政厅、国会、教堂、实为供水厂的地峰楼，雷克雅未克全市的冷热水均为地下水，由此厂供应。

在大西洋岸边，有一座白楼，1986年10月11、12日里根和戈尔巴乔夫在此会谈，主题是美苏两霸结束冷战，人们树碑纪念。此后，冷战不再，思维犹存，里根已辞世，戈氏仍在苟生。不过，冰岛确实是旅游、会务、休闲的净土和首选。

7月12日上午7:55，飞离冰岛。

早起，我在旅店匆匆辨别一下太阳升起的方位，与昨晚落下时在同一西边，二者相距约30度，地球上真有太阳从西边出来的地方，可见客观规律有时也是相对的。

丹　麦

10:15，航班降落丹麦王国首都哥本哈根，此行最后一站。

下午，去哈姆雷特城堡，根据莎士比亚名著改编的《王子复仇记》电影在此城堡拍摄，一部电影造就了一处名胜，人们说这是英国人莎翁送给丹麦人的一份文化大礼。

在厄勒海峡边的海滨公园观看美人鱼雕像，楚楚可人的铜像美人鱼吸引了来自世界各地的人们，她是丹麦的象征。

7月13日上午，哥本哈根市观光。丹麦是童话王国，文学大师安徒生的故居就在一条小河旁，河对岸是酒吧一条街。安徒生时代这里是穷人群居的地方，这给大师提供了不少下等人生活的素材。

步行街熙熙攘攘，展现了哥本哈根是北欧最繁华的都市。

我问导游小韩，丹麦年轻人最喜欢和最讨厌的是什么？他说，最喜欢的是旅游，最讨厌的是工作。这话入木三分刻画了北欧人。

12:30飞离哥本哈根赴赫尔辛基转机回国。

下午6:26，北京时间晚11:26，芬航空客载着我们离开赫尔辛基空港，飞越芬兰湾，飞过俄罗斯大地，飞经蒙古国，飞回祖国。与吕局长在飞机客舱用美酒加西餐庆贺北欧五国之行圆满。

7月14日北京时间8:56，航班平安降落浦东机场，飞行9个半小时，与吕局长击掌庆贺。

（应考察团同伴要求而作）

从爱丁堡到丘吉尔庄园

夏日，旅行车载着我们在英格兰北部疾驰着。高速公路两边是一望无际的绿色平原和山丘，时而出现的羊群、牛群和草地一起，在碧蓝的天空和乳白的云彩下，把英伦大地点缀得十分美丽。

车子在一块界碑前停下来了。这里是英格兰和苏格兰的分界处，苏格兰旗在界碑上空飘扬。导游说，2 个多月前后，9 月 18 日，苏格兰人要举行独立公投。如果大多数人支持独立，那么从英格兰到苏格兰就是从一个国家到另一个国家了。

到了苏格兰首府爱丁堡市，市名显然来自城中的爱丁堡城堡。它拥有“欧洲最美丽城市”之誉，始建于公元 6 世纪。古朴而繁华的王子大街，一边是花园、一边是大厦。方格子呢裙、苏格兰风笛、爱丁堡大学是它的文化气息，宫殿、教堂、城堡是它的历史写照。耸立在市中心花岗岩上的爱丁堡城堡，古炮阵依然，王宫、军营如故，王冠、权杖犹在，威严地影响了 3 000 多年。围绕这座苏格兰人的神圣城堡，金戈铁马，血雨腥风，苏格兰人和英格兰人进行过长期的战争，以至于延续到今日，苏格兰人的独立情结依然强烈，这大概就是 2014 年“9・18”公投事件的历史渊源。公投已经落幕，支持独立票占 45%，反独票占 55%，即便大英帝国没有因此而分裂，也让首相卡梅伦吓了一跳，女王也如释重负。我此前曾问过在英国生活了 20 多年的导游赵先生，苏格兰独立能否成功，他肯定地说：不会。并说原因主要是：闹独立主要是有些上层人物的主张，老百姓看主要是否有利于生活，不利生计是不会支持独立的。真是一语中的。当今世界上，凡闹独立的政客们，往往是为了一己之利，有的还希望借此能“黄袍加身”，而老百姓希望的是安安稳稳过日子。现在，高耸的爱丁堡城堡，不仅继续是苏格兰的象征，而且仍然是联合王国的骄傲。

去丘吉尔庄园参观是我们此行的一个重要内容。英国近代史上，首相丘吉尔是个重要人物，因为他是二战时的首相，和美国总统罗斯福、苏联最高领导人斯大林并称盟军三巨头。曾在1940年至1945年和1951年至1955年两度任英国首相，尤其是20世纪40年代作为“战时首相”，被英国人誉为“民族英雄”。

从考文垂出发，2小时车程，我们来到了位于牛津郡伍德斯托克镇的丘吉尔庄园。庄园本名为布伦海姆宫，1702年欧洲战争中，丘吉尔公爵一世在巴伐利亚的多瑙河畔布伦海姆一战中，取得了战胜法国的胜利，当时的安妮女王就把这座庄园赐予了他，几经后人修建，花去3 000万英镑，建成了被列入世界文化遗产的宫殿式庄园。丘吉尔说自己在这里做了两个重要的决定，出生和结婚。晚年，他也曾在此常住，人们就把这里叫作丘吉尔庄园。

这座占地28公顷的宫殿式庄园，草地、湖泊、桥梁充满着田园气息，被誉为英国第一豪宅，媲美法兰西凡尔赛宫，藏有大量珍宝、油画、雕刻的殿堂，富丽堂皇。宫殿中的丘吉尔展览馆，记录了丘吉尔的传奇生平。丘吉尔上过军校、从过军，在南非做随军记者时被俘过，后越狱成功。26岁从政，当选英国保守党议员，后加入反对党自由党，担任过商务、内政、海军大臣。作为参加过一战、二战的丘吉尔，被誉为“预言家、战略家和外交家”。终其一生，最具浓墨重彩的应是爱国主义者和策略大师。

作为战时首相，在纳粹德国每天出动 1 000 架飞机对英空战，每晚出动 200 架飞机对伦敦进行 57 天的狂轰乱炸的危难时刻，丘吉尔践行了著名演讲《热血、辛劳、眼泪、汗水》的承诺，带领英国人民坚持战斗，“永不停止、永不疲倦、永不让步……”希特勒慑于英国人的抗战决心，始终未能派兵染指英伦大地。

与妻子在英国旅游

众所周知，丘吉尔是顽固的反共分子，但他能在二战关键时期，以高度的政治灵活性从国家利益出发，与共产党执政的苏联结为盟国，使不同意识形态下的反法西斯力量结成了统一战线，从而取得了二战胜利。斯大林称其为“百年才出现的一个人物”。1954 年，丘吉尔派副首相兼外长出席日内瓦会议，英国成为最早承认中华人民共和国的西方国家之一，同样是从本国利益出发的高瞻远瞩之举。丘吉尔还是个文学家，所著颇丰。1953年,他所著的《二战回忆录》获得了诺贝尔文学奖,足见其精通历史和传记的艺术以及充满文学、哲学的思维。以上这些,也许是丘吉尔庄园吸引世人,成为英国旅游经典的原因。

(选自《新民晚报》 2015年1月14日)

俄罗斯观光（他们没忘过去）

九月的俄罗斯风景秀丽。航班飞临圣彼得堡是夜间，建在岛上的城、建在水上的城、河湖海俱有的城，它的特色仍由城市的灯光映照出来。到这座俄罗斯乃至欧洲的名城参观游览，我期待已久。

2018 年 9 月 13 日在俄罗斯圣彼得堡“夏宫”波罗的海海滨

圣彼得堡位于波罗的海北部芬兰湾南岸，是沙俄时期俄罗斯帝国的首都，被俄罗斯人誉为国家自豪与荣誉的化身。它始建于 1703 年，历经数十年。沙皇彼得一世为了推动俄罗斯欧洲化和文明的进程，毅然决定在濒临大海的一片沼泽地上建立俄罗斯的天堂。他甚至隐姓埋名，去欧洲其他国家学习取经。并用国库开支吸引德国人、瑞典人、荷兰人、法国人和英国人组成的科学家和工匠，当然主力军是劳苦大众组成的苦力，用近乎“古埃及奴隶”般的劳动，建起了宏伟壮丽的“冬宫”、美轮美奂的“夏宫”和奢华无比的叶卡捷琳娜宫，还有金碧辉煌的座座教堂，以及博物馆、学校等，使得整座城市雄伟壮丽。为此，19 世纪初俄国著名诗人康斯坦丁·巴狄什科夫如此赞美:“这是怎样的城市！怎样的河流啊！独一无二的城市！如此美丽的建筑！如此高雅的格调！在水和建筑浑然一体中又是如此的各具特色!”

当然，这耗去了俄罗斯无数的人力物力，甚至有成千上万的苦力为此丧生。尽管如此，是彼得一世和俄罗斯劳动者以及欧洲的能工巧匠造就了圣彼得堡，加上彼得一世对欧洲多国的征服，对疆域的扩展，至今，他依然被俄罗斯人念念不忘，人们尊崇他为民族英雄，称他为彼得大帝。

圣彼得堡的声望，还在于它是俄国十月革命的发祥地。碧波荡漾的涅瓦河上，永久停泊着阿芙乐尔号巡洋舰，这艘向“资产阶级最后堡垒”冬宫开炮的战舰如今是海军博物馆，俄军军旗在舰首飘扬，海军官兵依然在舰上服役，主炮依然象征性地指向冬宫。因为，它当年十月的炮声，奏响了一个人类历史的新纪元。这永远是俄罗斯人引以为豪的历史事件。

圣彼得堡让人同样自豪的，是二战时的 1941 年 9 月至 1944 年 1 月，德国法西斯军团向当时名为列宁格勒的圣彼得堡发起进攻，并对其围困和封锁了 872 天，“永不屈服英勇奋战”的列宁格勒人把拉多加湖作为通道输送物资，克服了人类历史上最残酷的封锁，战胜了饥饿、严寒和断水断电的困扰，以死亡 100 多万人的代价，坚拒德军于城外，直至把德军击溃。这是一座英雄之城。至今，数十座列宁格勒保卫战的纪念雕像和纪念碑依然矗立在城市和人们心中。

离开圣彼得堡，在如洗碧空和朵朵白云下，旅行车穿越桦木林区、传统的俄罗斯村庄和金环小镇特维尔，跨过俄罗斯的母亲河伏尔加河，来到了首都莫斯科。彼得一世把首都从莫斯科迁到他宠爱的圣彼得堡，列宁把苏联首都从彼得格勒迁到了莫斯科。在参观了俄罗斯权力中枢克里姆林宫后，我浏览了举世闻名的红场。历史博物馆、瓦西里大教堂和古姆商场精美无比。而拜谒列宁墓、瞻仰列宁遗容是此行的重要日程。天下着大雨，排队的绝大多数是俄罗斯人，尽管裤管都淋湿了，但都耐心等候，虔诚之心溢于言表。进入瞻仰厅，数个英俊的俄军士兵肃立守卫着伟大的革命导师，列宁在水晶棺中栩栩如生。我凝视良久。他是马克思主义理论的第一位成功实践者。尽管苏联解体了，共产党不再执政，但他留给俄罗斯人民和世界人民的遗产永垂不朽。

莫斯科的地铁久负盛名。它建在 120 多米深的地下，是莫斯科人的主要交通工具。我们一站一站观看，地铁站台十分漂亮和宽敞高大，每站都有命名，墙、顶都是绘画。基辅站厅反映乌克兰风光，民族站厅描绘苏联民族大团结，革命广场站厅摆放着革命英雄人物雕像，共青团站厅画满朝气蓬勃的青年劳动者。在地铁车厢，没有商业广告，却有宣传光荣传统的喷画，有《这里的黎明静悄悄》中，瓦斯科夫准尉率领五个女兵在河水中蹒跚前行的经典画面，还有莫斯科保卫战的作战地图。

我们来到了二战胜利广场，广场上最显著的建筑物是巍峨宏伟、高达 141.8 米的二战胜利纪念碑，它用浮雕纪念着苏联伟大卫国战争所经历的 1418 天的辉煌历程。纪念碑高高耸立，前来瞻仰的俄罗斯人络绎不绝。对国家和民族的光辉历史和光荣传统，他们没有忘记。

（选自《新民晚报》 2018 年 10 月 20 日）

生活篇

读书明智、净化心灵、增长才干。事业是人的立身之本。与人为善、不辞辛劳方有福报，并能采撷生活的芳香。

我种杜鹃花

今年春天，我买了一盆杜鹃。这是一棵夏鹃，挺拔的主干上，枝干像伞骨似地向四面伸张着，翠绿的叶子簇拥着一只只花苞。我把它放在阳台上，不时地浇水、除虫，期待着鲜花盛开。

初夏，随着气温的回升，花苞的头部慢慢地露出了鲜艳的红色。呵！花要开了。先是一朵，花瓣悄悄地挤破苞衣，沐浴在温暖的阳光里。接着，一朵又一朵，在绿叶丛中，粉红色的花朵竞相开放。待到十余朵花儿都盛开时，花瓣就在绿叶上搭起了一个圆圆的“花盘”。在“花盘”中，那红中带黄的花蕊袅娜地舒展着腰肢。临近花盆，阵阵芳香沁人心肺。蜜蜂围着花儿奏起令人陶醉的乐曲。远远看去，乌褐色的花盆上犹如撑着一把艳丽的小阳伞，粉红的伞顶，翠绿的边沿格外惹人喜爱。妻子喜不自禁地说：“我们家的阳台又添了一盆好花，说得上是个小花园了。”我把花盆搬入室内，整个房间顿时显得生机盎然，仿佛春天来到了我的家。孩子也高兴极了，逢人便夸耀起家中盛开的杜鹃花。

满心的欢悦，使我想起应该延长这盆杜鹃的开花期。正好，家里有一包“肥花丹”，“说明书”上写着，能使“枝叶繁茂，花色鲜艳，花期长久”。我想，施了这肥，准能使杜鹃花久开不衰。于是，我毫不犹豫地为杜鹃松了土，将“肥花丹”散在盆土里，并且还“适当”地多施了点。我奢望杜鹃花久开不败。谁知，两天后，杜鹃的花瓣开始往下耷拉，就像“焚诗稿的林妹妹”。脸上失去了光泽。再过了两天，叶子也往下垂了。我赶紧去求教老花匠，才知道是追肥追坏了。杜鹃不比其他花草，它的根密且细，靠细密的毛根吸取淡淡的养料。我凭着对种花知识的一知半解，把那么大的肥力强加给它，“烧”伤了它的细根，也“烧”焦了它那翠嫩的枝叶，更“烧”坏了它那娇嫩的花朵。老花匠要我赶快往盆里灌水营救它，可惜已经晚了，可爱的杜鹃花终于枯萎了。

孩子对我嘟哝着嘴巴，妻子也嗔怪我，我更是惋惜极了。我后悔自己对种花知识的不求甚解，更不该对杜鹃的培育凭“想当然”去做。在悔恨中，却慢慢地又产生了一种欣慰：吃一堑，长一智，来年再种更好的杜鹃花！

时令已近岁末，前些日子，我又买回了一盆杜鹃，我细心地培育着。杜鹃在悄悄地孕育着来年的花蕾，我也慢慢地在失败中探索、追求着成功。杜鹃花使我想到了学业：求知如同种花。知识犹如一朵科学之花，种植它也来不得半点马虎和骄傲。只有不辞辛劳，锲而不舍从知其然进而知其所以然，方能在不久的将来采撷到它的芳香。你说是吗？

末了，我还想说一句，明年的初夏，欢迎你来我家。那时候，你一定能看到更加绚丽的杜鹃花。

（选自 1984 年大学习作）

五月的富春江

早晨，清脆悦耳的鸟儿啼鸣声从窗外阵阵传来，把我从睡梦中唤醒。走出下榻的桐庐外贸饭店几步，就是延绵数里的江边花园长廊。这天是 5 月 2 日，劳动节假期中的一天，也是我离开家乡 30 年来，第一次在五月这个赏心悦目的时节回到富春江畔。

真没想到故乡竟如此秀丽。江对面，那一抹群山呈青黛色矗立在蓝天下，山腰的缕缕白云似绸带缓缓飘移。群山与江水之间，是江南开发区的现代建筑群。最令我心旷神怡的还是面前这一江春水，她悠悠地流淌，清清的、蓝蓝的，清的是她的本色，蓝的是天色的融入。记得在县城高中就学时，夏日在富春江中游泳是同学们的最大享受。以至于有时冬日回故乡，看到这江水，都会馋想着立即跃入她的怀抱。江面上，勤劳的渔民已驾着渔船开始一天的劳作。在相隔不远的，连接江南、江北的两座横跨富春江的大桥上，已是车水马龙。父老乡亲们新一天的生活和工作又开始了。

大自然偏爱故乡。富春江的大部分流经桐庐，上游为新安江，已蓄水成为千岛湖。下游则为钱塘江，经杭州湾入海。青、清、幽、悠的富春江两岸，有严子陵钓台、瑶琳仙境、大奇山森林公园等名胜数十处。千百年来，吸引了 1 000 多位文人墨客，却写不尽富春山水。桐庐籍的叶浅予老先生，尽晚年心声，绘就富春山居新图长卷，陈列于桐君山，向世人抒发对家乡山水的挚爱。清人刘嗣绾的七绝,更令人回味无穷:“一折青山一扇屏,一湾碧水一条琴,无声诗与有声画,须在桐庐江上寻。”

这无声诗与有声画,都是桐庐人所作的。在这次桐庐中学毕业三十载的同学会期间,我就见到了许多描绘家乡美景的昔日同窗和师长。

陈兄,如不是他自报家门,我是怎么也不会把现在的他与同班时的他连在一起的。岁月和辛劳已经写满了他的脸。昨晚聚会上,他的自述使人感慨不已,他已在他所在的行政村当了30年的生产队长和村党支部书记。30年的勤奋换来了家乡有变迁。他说带领乡亲们办了7件事:5个自然村都修建了机耕马路,都架设了标准化的农用输电网,都通了电话,都安装了有线电视,都用上了自来水,都有了村办小学,还营造了一千一百多亩山林,使山山岭岭绿树成荫。他那个村处于山区,成就这7件事要付出多少汗水谁也计算不出。许兄,现在是一位中学教师。当年他曾经去黑龙江做过插兄,历经磨难,在黑土地上考上了大学,成家立业。几经辗转的他还是偕妻携子回到桐庐,他说桐庐山好、水好、人好,夫妻双双在执教鞭,为家乡培养跨世纪人才。

施老,是我尊敬的前辈,早年是县委宣传部和旅游部门的领导,每次回故乡我都要去拜访他。从瑶琳仙境的发掘到严子陵钓台的开发,无一不花去了他许多心血。如今,旅游行业已经成为桐庐经济发展的龙头。他也已经退休,可壮心未已,这次见面又踌躇满志对我说起了白云源风景区的开发。刚从县政协副主席的领导岗位上退下来的包老,当年是我们的英语老师。他是个地道的上海人,大学毕业分到桐庐,已把我的故乡变成他的家乡,青春、事业、家庭都与桐庐的山山水水连在一起。

学友们同登大奇山是这次同学会的主要内容。大奇山与县城隔江相望,其森林公园之大,面积就有7平方公里。说奇,则峡谷幽幽，登山道均缓慢升高，于老幼皆为坦途。原始的经人们稍作修饰的国家级森林公园里，鲜嫩的植被绿与清澈的山涧泉令人陶醉。那异常清新的空气中，分明满是负离子，这对于过惯都市生活的人们来说无疑像进了天堂。我不禁对住在桐庐的学友们生出几分妒意，在富春江两岸，能享受到大自然的如此恩赐！在山顶瀑布前，大家纷纷用饮水瓶灌满山泉畅饮。我敢说，这是世界上最好喝的水。愿家乡的水更甜、山更绿、人更好。

（选自浙江省桐庐中学《校友通讯》 1999 年 6 月 21 日）

野人 圣人 美人

去年 8 月，在湖北好友叶先生的陪伴下，我探访了神农架，领略了这片令人向往而神秘的群山深谷。

在神农架山下的木鱼镇用罢午餐，车就沿着盘山公路蜿蜒而上。我坐外档，随着海拔的升高，座座翠绿的山梁移到了脚下，犹如航空旅行。在鄂西的神农架，南濒三峡，北近武当，西邻重庆，方圆三千多平方公里，海拔 2 500 米以上的山峰有 20 多座，是远古时期燕山和喜马拉雅山运动，将一片汪洋大海抬升成的多级陆地。由于地处北亚热带，气温偏凉多雨，“山脚盛夏山顶春，山麓艳秋山顶冰，赤橙黄绿看不够，春夏秋冬最难分”。然而，神农架之令人神往，不仅在于“景”，而且在于“人”。

当今世界的四大谜团，“野人”居其一。“野人”传闻遍布五洲四海。3 000 多年前，我国就有关于“野人”的记载。神农架则是流传最广、目击人数最多的地区。据当地史料记载，目击“野人”的人数众多，有 300 多人看到过 100 多个“野人”。目击者反映，有挨过“野人”打的，有打过“野人”的。有的妇女被“野人”追赶，有的还被“野人”抓去后又逃回，甚至传闻有妇人与“野人”结婚生子。

我们的座车行至海拔 2 700 多米的“神农第一景”风景垭，观过流云飞雾缠绕的胜景，前行稍许，路旁赫然立一木牌，上书：“野人”现身处，不禁一阵心惊。叶先生介绍，1993 年 9 月 3 日，铁道部的十几位专家乘车旅游路经此处，巧遇 3 个“野人”，由于目击者众多,令人信服。只可惜我们此行无缘相遇。众多的传闻和资料表明,“野人”是一种高大、直立、多毛、行走的似猿似人的动物,我想或许是由猿到人过渡期的产物。神农架的原始森林,天时地利,使它们得以繁衍生息。据说我国曾一度组织大规模的“野人”科考,现已全面停止这一寻觅,这是可赞之举。人类与大自然,“野人”与大自然,应允其和谐存在。人类即便改造自然,也宜顺其自然,十分珍惜构成地球的大自然,才是人类的永久福祉。

观过神农顶风景区后,我们返回木鱼镇宿夜,次日上午,一行人来到了神农坛景区。这是炎黄子孙缅怀先祖的圣地,祭坛内神农塑像以大地为身躯,头高 21 米,象征中华民族在 21 世纪蒸蒸日上,宽 35 米,与高相加 56 米,象征 56 个民族大团结。双目微闭的塑像高大雄伟,庄严肃穆。神农氏即炎帝,是中华民族的伟大始祖之一,炎黄子孙以他为骄傲,与黄帝一道推崇为圣人,由于他善于用火和发明了原始农业,故后人尊称为炎帝神农氏。神农架也因炎帝在此尝草采药而得名。炎帝何以为圣?且看他的八大发明创造:人工栽培粟谷,为世人最早,“九州之民乃知谷食而天下化之”。制作耒耜,发明与改进生产工具。制作陶器。发明医药。相土地,察水泉,建聚落。首创集市贸易。发明五弦琴。创立祭祀活动的蜡祭和傩拜。能者为圣,创造为圣,造福民众为圣,如此五千年,恩泽千万代。巍巍丰碑,昭昭天日,华夏始祖,至荣至圣。

神农架人杰地灵。离开神农坛,沿着香溪河行驶不久,便来到了我国四大美人之一王昭君的出生地——兴山县昭君村。汽车驶过香溪河上的吊桥,盘旋而至半山腰的昭君村。我惊叹,两千多年前的村姑王昭君,何以在如烟的岁月中、如云的美女中流芳百世。读了昭君故居纪念馆中的诗文,我方悟出了点道理。

苏轼有诗云："昭君本楚人，艳色照江水。"昭君天生丽质，才能成为宫女。但宫女终身不得见御比比皆是。适逢胡汉和亲，或许是昭君姑娘的聪颖，也许是山里姑娘的秉性，昭君挺身而出，慷慨应召，委身匈奴，光辉出走。"昭君自有千秋在，胡汉和亲识见高。"董必武副主席如是赞许。"发展中华民族大家庭团结有贡献的人物"，周恩来总理如此称颂。历代文人墨客歌咏昭君姑娘的赞美诗则有近千首。

王昭君之所以被千年传颂，主要是她的义举有益于民族和睦与社会发展，同时又在于她的悲剧色彩。先是可能老死宫中，终不得见天日。和亲后阳光灿烂的日子也不多，出塞两年半后，丈夫呼韩邪单于亡。昭君上书汉帝求归，汉帝却令其"从胡俗"，即再嫁给丈夫的长子，昭君又忍受极大委屈遵命。11 年后夫又亡，时年三十三岁，从此寡居。美好的东西被毁灭是悲剧，而这最能烙入史册。想掌握和决定自己命运，又无能为力。这就是王昭君。杨玉环、西施、貂蝉不大都是以悲剧而终的么？

（选自《新民晚报》 2003 年 12 月 1 日）

葡萄沟的一道风景

八月的吐鲁番，骄阳似火。但在葡萄沟，却有一片清凉。十多年后重来，看到了又一道风景，这是一道人文景观，坐落在葡萄沟中的“王洛宾音乐艺术馆”。很巧，王洛宾的儿子王海成在艺术馆中为读者购书签名，馆中售书即为王海成先生所著《我的父亲王洛宾》。看了馆中展品，购了书和王洛宾作品专碟，又与王海成先生进行了交谈，真是此行意外的收获。

听音乐是我的最大爱好。王洛宾先生的几首经典，乃天籁之音。他创作的歌曲《在那遥远的地方》，已被法国巴黎音乐学

在新疆吐鲁番葡萄沟王洛宾纪念馆和王海成先生

院作为东方音乐教材，并成为罗伯逊、多明戈、卡雷拉斯等外国歌唱家作华语演唱的保留节目，此歌和王洛宾先生改编的《半个月亮爬上来》已入选20世纪华人音乐经典。

读王洛宾使我收获良多。自古雄才多磨难，被誉为“西部歌王”的王洛宾其实是地道的北京人，北师大音乐系的高材生，他有风华的青年、磨难的中年和辉煌的老年。他坐过两次牢，一次是解放前，一次是解放后。他穿过5次军装，1次是在旧军队，4次是在八路军和解放军。但他始终是一个文化人、一个音乐家。

他执著。他说自己是个传歌人。音乐是他的追求，作歌是他的生命。为了作歌，他只顾外出采风，使得他的第一任妻子，同是八路军西北战地服务团同仁的络珊离他而去。为了作歌，他住在电影院放映室旁边的阁楼里，用棉球塞住耳朵为乌鲁木齐文工团编剧谱曲。晚年，为了争取创作时间，甚至给手表上弦都利用上厕所路上的时间。他一生创作改编了一千多首歌曲，他的歌被一代一代传唱。

他率直。率直得只懂歌不懂生活。军区领导因他得了金唱片奖请他全家吃饭，他会忍不住当着主人的面说“要这么多钱呀？这可能要几个农民挣一年”。当年因为学生受辱执意为之写控告材料而被迫害，带来了牢狱之灾。连他自己也说，这一辈子都是因为生性太率直而吃了亏。

他乐观。早年在兰州国民党的监狱里，他住的牢房只有1.5米长、1.5米宽，睡觉只能像只虾，还要被当作共产党要犯遭受严刑拷打。他却用牙膏皮作笔，用“归降书”当纸，写了30多首歌，甚至还有一首“摇篮曲”。在20世纪60年代蒙冤住监时，他作了更多的歌，其中有《共产党宣言大合唱》。

他宽容。平反后，王洛宾先生一直不愿说出当年以“莫须有”罪名把他送到监狱的人是谁，直到临终，在儿子的追问下才说出真相，不过一再叮嘱儿子：走了的人已经走了，活着的人还要继续活着，宽容他们吧。

这就是音乐家王洛宾。

无论古今中外，但凡科学家、文学家、艺术家、音乐家，往往是一方面的专才或天才，又往往不懂社会，不懂生活，更不懂人际关系，所以往往吃苦、吃亏，甚至毁灭。王洛宾是其中的典型。其实，无论在什么社会、什么年代，都应该对这些人多一点宽容，并且应该多一些关爱。因为他们是人类的瑰宝，是可能为人们带来进步、幸福和欢乐的精灵。

我已给王海成先生提了一条建议，建议他推动拍一部王洛宾先生的电视连续剧，既是故事片，又是传记片、情景剧、音乐剧。对王洛宾先生的一生不必加工，如实道来，平铺直叙，什么也不必回避，包括他解放前后的两次入狱、五次参军，还包括他与台湾作家三毛的一段往来。尤其重要的是剧中要把王洛宾先生的经典作品都唱出来。他的传奇经历、坎坷人生、鲜明的人格、艺术家的风骨和传世之作一定会深深地感染人、陶冶人。

我乐观其成。

（选自《新民晚报》 2007 年 10 月 31 日）

孙女小贝

孙女小贝 2 年多前出生在晚上 11 时 55 分，为了早一天来到这个精彩的世界，5 分钟时间也要赶。小姑娘甜甜的嘴巴，逗人的鼻子，大大的眼睛，甚是惹人喜爱，特别是那长长的睫毛，一眨一闪的，经常有人问是不是“混血儿”，我们都会认真地作答：她可是正宗的“中国造”。

9 月初的一天早晨，她爸爸驾车，我陪同送她上幼儿园托班，一路上她跟着音响唱个不停。我对她说：你上幼儿园、上小学中学大学的第 1 天，都由爸爸和爷爷送你。清脆的童音立即回答：“好！”

小贝充满灵气，一岁多一点，她会跟着奶奶唱歌，尽管歌词是哼哼哈哈的滥竽充数，但最后一个字咬得很准。2 岁不到，她竟然能把儿童版中文歌曲的 30 首歌都唱出来，当然是看着图文并茂的页面唱的，不识字能分辨歌名歌词，大概是靠望图生义。都说两三岁的儿童智力发育很快。她还能读背一些“三字经”，这是奶奶和妈妈的功劳。有一次我与朋友通电话，在我说了句“下不教，上之过”时，小姑娘“噔噔噔”跑到电话机旁对我说：“爷爷，是父之过！”我真惊叹她的灵敏。

小贝在华山路上一家质朴而质优的幼儿园，幼儿老师的教学和服务十分体贴和人性化。开学前一天，班主任周老师给小贝妈妈发来短讯提醒：“女儿的东西都准备好了吗？她真的特可爱，我们都很喜欢她。”入园前家访时，小贝曾为老师唱歌、跳舞，欲罢不能。入园的第一天中午，又是一条短讯让家人放心："女儿很乖，看到别人哭看得出她有点难过，但她一直笑，午睡前屏不住哭了几声，老师陪着就睡着了。"

小贝的适应期似乎有点长，入园第三天，还是由我送她上车，她不停地哭喊："我不要去幼儿园，我要回家！"竟然能从我抱她的手中滑落地上。接下来是个双休日，她嘴里一直唠叨个没完："我不去幼儿园好吗？"但老师说在幼儿园表现还不错，只是经常自说自话："奶奶马上来接我了""妈妈马上来接我了"，真是可笑又可爱。

与孙女朱贝在市政府征兵办主任办公室

开学近一个月，老师送来了小贝的《成长档案》，里面写道："现在，我们三位老师自豪地对你们说：'你们放心吧，你们的小贝真的很棒噢！'""虽然早上来时情绪有些焦虑，但她正式与你们分开后，她的焦虑就被我们托四班的游戏环境和老师的亲切笑容给化解了。""短短一个月，小贝给大家的印象是一个活泼、可爱的孩子……她哭过、笑过、开心过，也伤心过，离开了爸爸妈妈，进入了集体生活，意味着小贝长大了。她学会了自己喝水、吃饭、自己睡觉了呢。虽然小手还不够灵巧，动作还很笨拙，吃饭速度还很慢，喝水有时也会洒了，但会越来越好。”老师最后写道：“为我们加油吧！”档案夹里还有小贝在老师指导下画的两幅手指点画，一幅是“巧克力豆”，一幅是“大米饭，香喷喷”。

我们把老师的表扬读给小贝听，她心情特别好，当即以甜甜的童声向我们述说了当天在幼儿园为小朋友们表演的节目，她说唱了自己最喜欢的几首歌，有《小毛驴》《泥娃娃》，还有《大长今》，说着说着就情不自禁地唱起来跳起来：“我有一头小毛驴我从来也不骑，有一天我心血来潮骑着去赶集，我手里拿着小皮鞭我心里真得意，不知怎么哗啦啦啦我摔了一身泥。”大家再一次忍俊不禁，天伦之乐油然而生。

祝福小贝。

（选自《新民晚报》 2008 年 10 月 27 日）

美哉桐庐

国庆期间，应邀参加母校桐庐中学70周年校庆，再次品味家乡的山水人文，越发觉得美不胜收。

桐庐山美。桐庐地处浙江西部中低山丘陵区，群山耸峙，丘陵错落。因属亚热带季风气候，日照充足，降水充沛，处处青山，满目青翠。北宋范仲淹曾写下了“潇洒桐庐郡十咏”赞叹：“日日面青山”“春山半是茶”“千家起画楼”“人生安乐处”。在万山丛中，有天然氧吧大奇山，有山顶瀑布倾泻而下的白云源，有石灰岩大山下“国内诸洞冠”的瑶琳仙境，有藏于山腹的垂云通天洞，还有闻名天下的富春山严子陵钓台。桐庐的象征桐君山，更是郁郁葱葱。传说我们桐庐的先人们不愿远游，三天不见桐君山就要哭的。无怪乎，元朝画家黄公望以桐庐为实景地，绘就了被称为中国十大传世名画之一的富春山居图。这幅不朽画作之所以为世人瞩目，除了因大陆和台湾两半合璧的历史演绎，其真实描绘的富春山居之秀美是重要原因。

桐庐水美。纵观全境，富春江自南向北穿境而过，天目溪自西向东注入富春江，一江一溪，滋润了桐庐大地，养育了桐庐儿女。桐庐的山因水而绿，桐庐的水因山而清。苏东坡写道：“三吴行尽千山水，犹道桐庐更清美。”巴金先生说：“富春江是美丽的，我爱富春江。”季羡林先生的“富春江上”是这样描绘的：“我是越看越爱看，越爱看越觉得幸福，在这风物如画的江上，我大有手舞足蹈之意了。”每次回家乡，我总觉得桐庐的水有点甜，以至于离开时总要把茶杯灌得满满的。今年国庆节前，县城完成了灯光工程。傍晚，当横跨富春江两岸的县城霓虹闪烁起来后，灯光映衬下的江水和远山相映成趣，江水中的楼宇和群山相得益彰，自然美和人工美天人合一，这样的风景在大城市是无法看到的。

桐庐人美。勤劳智慧、心灵手巧是桐庐人千百年来代代相传的秉性。今年9月，浙江省"建设美丽乡村"现场会在桐庐召开，桐庐人精心打造的美丽乡村向全省作了一次漂亮展示。桐庐人做事很认真，把山水环境资源与生态经济发展有机结合，使古建筑保护与历史文化有效传承，生动彰显了规划科学布局美、村容整洁环境美、创业增收生活美、乡风文明素质美。如今，当你从杭千高速公路桐庐出口处360度转弯后进入县城时，20多座高端写字楼组成的现代商务区跃入眼帘，在绿水青山的怀抱中分外养眼。更使人赏心悦目的是，大路两边一支支五彩缤纷的车队载来新人，在生态园里定格人生最幸福美好的时光。连我这个常回家乡的桐庐人，也惊叹这个现代化山水城区是如此的诗情画意。如果你去深澳古镇，去环溪村、荻蒲村、徐畈村，你既会感叹千年古建筑群的外拙内秀造型、木雕栩栩如生，更会赞叹乡村田园的质朴典雅、绿意葱茏和整洁舒适。如果再去芦茨弯和阳山畈，你又会领略风情小镇和生态农家的新农村甜蜜生活。而这一切，都是我们的长辈、同辈和后辈桐庐人创造的。

桐庐地灵人杰。一方水土养一方人，桐庐这一块钟灵毓秀的沃土，孕育了许许多多才俊。才华横溢的叶浅予老先生就是桐庐人，他自学绘画，勤苦创新，承前启后，被誉为漫画大师、速写巨匠、国画宗师和著名美术教育家。我所敬仰的王维澄学长，早年参加革命，建国后曾任国家主席办公室主任、中宣部常务副部长、中央政策研究室主任、全国人大法律委员会主任委员，是一位职业革命家。我的学兄周先生，勤奋创业，他的企业去年销售收入已达数亿元。他事业有成后乐意回报社会，已设立奖学金 15 年，资助困难学生上千人次。还投入数百万元用于母校改建，却从不宣扬自己，秉承了桐庐人务实、低调、内敛的做人品格，已成为人们称道的企业家。我的乡友吴教授，是首届中国优秀博士后，他长期从事眼科临床诊治与研究，蜚声国内外，获得过国际眼科协会奖项，有国家发明三项专利。他作为主任医师，现今供职于上海一家著名医院，是上海眼科研究的领军人物和眼科医学专家。

2011 年与《解放军报》社长孙晓青少将在上海市拥军优属基金会院内

崇尚文化、信奉读书是祖祖辈辈桐庐人的良好风尚。母校邬校长向我们介绍：桐庐中学风雨 70 年来，学子数以万计，现已成为省一级重点中学，校园面积 300 亩，在校学生有 3 000。桐中的许多学子已成为共和国各行各业的精英，成为桐庐经济和社会建设的中坚。目前，桐中已与多个国家的名校结成友好学校。桐中的校友已遍布五洲四海。母校正在成为一所现代化、国际化的高级中学。

校庆期间，陈县长特意召开了“桐中知名校友座谈会”。她告诉我们，依靠桐庐人民的辛勤劳动，桐庐已获国际花园城市、全国百强县、国家生态建设示范区、中国科学发展示范县、长三角最具投资价值县、全国文化先进县、中国绿色名县、中国最佳旅游县等20多项桂冠。全县年人均可支配收入城镇已达2.4万多元。文化强县、卫生强县已经与经济强县一样纳入规划，桐庐的明天会更美。

我和校友们都有同感，桐庐建县1 780多年以来，已有上千位文豪墨客为富春山水留下了2 000多首传世诗篇，今后，还会有更多的中外宾客为桐庐写下赞美诗。

美哉桐庐！

（选自《新民晚报》 2011年11月26日）

幼儿园的毕业典礼

暑假的前一天，应孙女小贝的要求，我参加了她的幼儿园毕业典礼。

小贝在中福会托儿所4年了。前些天，她带回了《幼儿毕业纪念册》。打开一看，我情不自禁地赞叹竟有如此精美的幼儿毕业画册：扉页，是中福会托儿所的创办者、国家名誉主席宋庆龄坐在托儿所门口台阶与幼儿们的合影，还有宋奶奶的题词“把最宝贵的东西给予儿童”。前面几页是幼儿园内外的设施和风景、陈所长的离别寄语。接着是小贝的毕业照以及4年的幼儿园生活片段，有全班合影、与老师的亲昵，有记录丰富活动、有趣学习、快乐游戏、亲爱朋友的精彩画面。作为人生起步的珍贵记录，幼儿园想得真周到。

参加这样一所幼儿园的毕业典礼，是我和其他幼儿长辈们的共同期盼。

毕业典礼在幼儿园相邻的马兰花剧场举行。大幕拉开，陈所长的致词动人心扉，她深情地说：今天，我们2012届大班毕业典礼同时是一场慈善义演，让孩子们用爱心去关爱需要关心的人们。今天，是一个值得庆贺的日子，孩子们要迈向人生的另一段征程，稚嫩的小鸟要放飞了，我们祝贺他们展翅高飞。今天，也是一个想掉眼泪的日子，对4年相处孩子们恋恋不舍之情难以言表，爱每一个孩子是我们老师们的本能……

接下来是全体毕业班百多名幼儿表演节目：音乐剧《守株

待兔》,孩子们用纯真的语言教育自己,只有辛勤劳动才能获得成果,天上不会掉馅饼。舞蹈《童年是只快乐鸟》反映的是孩子们自己幸福的童年生活。国际班的孩子们还表演了异域风情。小贝像模像样地主持了班级的童话歌舞秀。如花的容颜、悦耳的童声、天真的舞姿,配上优美的音乐,淋漓尽致地演绎了孩子们告别幼儿园生活的欢快。主持老师特意告诉观众席上的爸爸妈妈爷爷奶奶外公外婆们,演出的门票收入将捐献给西部山区的儿童们。

最庄重的是陈所长向每一位孩子颁发毕业证书,舞台帷幕前,陈所长从班主任手中接过证书,一个一个授予孩子们。这可是他们人生的第一张毕业证,神态各异的小小伙子和小小姑娘们分明都感到这是神圣的一刻。他们有的正步走向陈所长,有的急匆匆趋前,有的还像香港警察一般高摆着手臂,还有的会激动地忘了行礼,看到所长的回礼又赶紧补上,引来台下一阵阵掌声和欢笑。4 年前,他们只有两三岁,几乎都是哭闹着不愿过集体生活的小宝贝。现在,他们要告别幼儿,成长为少年儿童了,他们的鞠躬,是对陪伴他们成长的老师妈妈的感恩,对幼儿园快乐、幸福日子的留恋与不舍。小贝和许多孩子一样,满怀信心地走上前,领证后又信心满满地离开舞台。也许,他们幼小的心灵中已经懂得了人生道路上应有的状态。

事后,我告诉陈所长,你在向 116 个小不点颁证时作了 116 个近乎 90 度的鞠躬,感动了台下许多人,我看到有的爷爷眼中闪着泪花。她说,这也是她每年最激动和高兴的日子,因为别看孩子们小,这可能是他们人生记忆中最深刻的一幕,他们中间一定会有未来的企业家、作家、艺术家……成为祖国 21 世纪社会发展的优秀人才。陈所长的鞠躬,显然是对孩子们的感谢和期许,感谢这些小字辈为这所不凡而又平凡的幼儿园留下的美丽足迹，以及未来为之的增光添彩。

暑假里，我见到了小贝的首任班主任周老师。我说，这所幼儿园硬件一般，生源与同类幼儿园一样，但毕业的孩子素质普遍不错，主要是老师们向幼儿倾注了全部爱心，让孩子们愉快生活、自由和全面发展。当幼儿老师真辛苦。她说：我对孩子很喜欢，蛮辛苦也很开心的。

中福会的王书记曾告诉我，中福会托儿所的负责人和教职员工很敬业，所以托儿所已经成为全国少年儿童教育先进集体、上海市文明单位、上海市三八红旗集体、上海市爱国卫生先进单位，并已通过国际质量管理体系论证。

那天毕业典礼结束后，小贝拉着我到中福会托儿所大门口，她特意背上小书包，让我给她拍了留影：她要从这儿走向小学了。

（选自《新民晚报》 2012 年 8 月 4 日）

父亲母亲百年记

正清明日，阳光灿烂。我携全家三代，和三位姐夫的家人共几十人，肃立在父亲母亲的合墓前祭奠。

2014 年是父亲母亲诞生 100 周年。父亲母亲长眠在村旁青山上。我从 8 岁起在这个村住了 12 年，村子有一个十分大气的名字：龙伏村。传说古时有一条龙从富春江、天目溪溯水而上，经横村镇到我们村，因留恋这里的风水不愿离去，于是就有了这个响亮的村名。也有传说因汉武帝刘秀在我们村住过而得此大名。

我的祖籍在浙江淳安县，1957 年因建新安江水电站举家迁移到桐庐。如今的千岛湖水面最宽水最深的地方，应该是我出生的地方，地名叫港口区向辛乡朱家村。我依稀记得，我家的房子在村子的最中间靠前，三开间楼房，很高很大。夏天，邻居们都会到我家来避暑午睡。父亲去世前，曾把解放后县人民政府颁发的土地房产所有证交给二姐夫保管，证上写明我家的田地有 26.5 亩，而我家在土改时评为中农。二姐说，评成分时，村里的贫农都说，再多 10 亩地也要评我家为中农，因为我父亲母亲和祖父母非常勤劳、善良，他们依靠自己的双手辛勤劳动，连一个短工帮工都不曾请过。我很敬佩我的长辈。

父亲是一个典型的农民。他和他的祖辈一样没有读过书。他很少说话，勤劳、和善、内敛、淳朴，与世与人无争，我从小到大从未见到他发过一次脾气，也从未见到他与家人和旁人红过一次脸。他每天都勤勤恳恳参加集体劳动,并起早贪黑收拾家里的自留地。在村里我家的自留地是整理得最漂亮的,蔬菜和庄稼也是长得最旺的。我在镇小读书时,似乎农村里还可以开垦一点自留地,由于父亲辛勤劳作,自留地的作物很是引人注目,当时的村支书在社员大会上还“表扬”过父亲是“搞自留地的支书”。

父亲年岁大起来以后,特别是母亲先他而去后,我曾经几次把他接来上海,甚至按政策规定,把他的户口都迁到了上海。但他就是住不惯、闲不住,每次来脚都浮肿。他经常跟我唠叨要回老家,要我只管在部队出力干,不要管他。我把他送回老家后,他连走路都轻快了,80 多岁的人好像年轻了许多。

母亲的性格和父亲相反,心直口快,是非分明,但勤俭持家和与人为善地做人做事与父亲是相通的。由于父亲和母亲都很勤快,我家的日子还比较好过。不论是亲戚还是朋友或者邻里乡亲,无论是家境好时还是困难时,只要到我家,母亲都会尽其所能用最好的东西招待。

母亲和父亲一样不识字,这也是她和父亲一样下决心要我和三姐读书的原因。三姐读到初中毕业,我一直坚持到高中毕业,如不是碰到“文革”停学,会读到大学毕业。那时的农村没有什么经济来源,我在县城读高中时住校,每周回家一次,每次,母亲总会拿着鸡蛋到小店换几角钱给我到学校用。1969 年我参军时,因为当时有独子不参军的规定,母亲让我写了申请书,她按上红手印交给乡人武部,期望我到部队有出息。参军的第二年我到浙江接新兵,接兵部队领导给了我几天假让我回家看父母。那几天是母亲最高兴的日子,我每天早上醒来时,都看到母亲默默地站在我的床前守着。

90 年代初,因为上海征兵难,我负责全市征兵工作日以继夜，搞调查、拟政策、忙于协调立法的事，还要完成学业，连续3年没回家看望二位老人。其间我也曾几次想动身回家，但都因工作和读书耽搁了。3年中，住在同村的二姐夫给我来过许多电话，说父亲母亲如何如何想念在外当兵的儿子，看到邻居家里儿孙满堂很是羡慕。母亲也后悔过送我当兵，曾经和姐夫说过叫我离队回家，但赶紧又打消念头，说儿子的工作重要、部队重要，千万不要叫了。

那年年末，刚忙完冬季征兵，二姐夫突然给我来电话，说母亲走了。我如雷轰顶，流了一夜的眼泪，忍受了丧母之痛。次日，我和妻子匆匆赶回老家，省军区的同行因当时交通不便特意用车从杭州送我回家。车子入村，在二姐家门口，却忽然看到母亲在路上走着，我们急忙下车，果然是母亲！她见到我们笑了，她是不知道姐夫是怎么把我骗回来的。我当时不知是喜是悲……至今，我还在责怪二姐夫竟想出如此下策，姐夫无奈地说，他实在没有办法解决老人思念儿子的问题才用了“绝招”。

几年后，母亲真的走了。我平生最遗憾的是，二老在世时，没能常回家看看，特别是没能在过年时去陪陪他们，甚至在他们离去时都没能赶上作最后的送别。但我也有些许欣慰：两位老人在上海期间，我曾陪父亲去南浦大桥走过，父亲很高兴，说“桥这么大啊”。再早些年，我也曾陪同喜欢看戏的母亲去江宁路上的北京影剧院、现在的美琪电影院看过京剧《智取威虎山》原班剧组的演出，母亲很高兴，说“嗓子这么好啊”。事后她问我一张票多少钱，我告诉她8角，她惊讶“这么贵啊”。后来二老有了孙子，我经常要儿子带着二老到住家旁边的军人俱乐部——现在的云峰剧院看电影，小手牵着大手，他们享受天伦之乐，看得出是二老最开心的事。

都说二老健在是个宝，但毕竟人的老去是自然规律。每次

2018年春节和孙女小贝小田合影

回故乡缅怀父亲母亲，我都会怀着十二分的感恩。父亲母亲对子女的无私奉献，他们的勤劳质朴，他们传承给我们的与人为善，犹如父亲母亲安息地山上的青松、翠柏、绿竹那样生生不息，也如山前田畈里那一片片每年都会盛开的金黄色油菜花那样芬芳。

（选自浙江省桐庐中学《校友通讯》 2015年6月）

我的读书、参军和从政经历

很高兴能在母校70周年大庆时回桐庐中学参加校庆。记得母校迁来新址后，我回故乡时曾特意到校门口拍了一张照片。人们对母校总是念念不忘的，因为它是人生起步的地方。

我离开家乡已经42年了。邬校长和李老校长让我和同学们谈谈离开桐中以后的经历，和同学们进行一些交流，我也很乐意有这么一个机会，向母校的师长和校友作一个汇报。

我的经历既简单又丰富，说简单是因为只有三个阶段，即读书、参军和从政。说丰富从年限就可看出来：读书20年，当兵30年，从政23年。因为其中有重叠的年份。下面就介绍一下我的经历三部曲：

一、读书20年的心得

我的求学经历，前12年是在学校，后8年是边工作边读书。读书20年有三点体会：

一是书山有路。我家在横村镇龙伏村，初小在村小读，高小在镇小，初中在横村中学，高中就来到了桐中。我至今仍然觉得，初中和高中阶段，是一生求学的基础，尤其是高中。虽然因“文革”耽误了一些学业，但在桐中时，老师们师德之高尚，治学之严谨，为我之后的求学、从业打下了扎实的基础，开启了做一辈子人，读一辈子书的大门。1968年高中毕业后，1969年我参军到了上海，以后边工作边读书，其中在大学中文专业读了3年，在法学专业读了3年，又读了MBA 2年，还读了一年外语。读书已成为我人生的主要篇章之一，至今我仍然每天读书，其中每天必读6份报纸，上五六个网站。书山有路，只要肯读书，就能不断用知识充实自己。学海无边，只有孜孜不倦学习，才会学然后知不足，从而使自己懂得越来越多，这是真理。

二是多读几门学科好处多。我经历了改革开放30多年的历史，这是我们国家从社会主义计划经济向社会主义市场经济转型的历史阶段。读书和工作实践使我深深体会到：在中国，无论从事何种职业，最好既学中文、学历史，又要学法律、学经济。尤其是从政，不学中文、不学历史你就不懂得社会，不学法律、不学经济，你就缺乏工作认知和能力。从事其他职业，读好这几门基础学科，也会使你增加成功的机会。因为人生的经验大部分只能间接获得，历史是用文字和文学记载的，要读懂古典文学、古代汉语，当代文学、现代汉语以及外国文学。个人的成功，一靠本领，二靠机会，但机会垂青有准备的人。有了本事，机会来了，你才能把握并获得幸运。所以，青年人要努力使自己成为有知识、有才华的人，只有这样才能收获人生的硕果。

三是学而优能作为。从读小学到读大学的几门学科，我几乎都是所在班的班长。大家都知道，班长一般都由学习成绩好的同学担任，我的学习成绩一直是比较好的，我的几位健在的师长都知道。勤奋读书、勤奋工作是我的座右铭。读好了书，有了知识就有了底气，工作就能出成果。比如，我们曾请当年上海的一位市领导作工作报告，我为他写了讲话稿，他是一个口才很好的演说家，但他几乎按我给他的稿子照本宣科，他的秘书对我说：市长一般不读人家写的稿子的。他之所以读了我写的稿，是因为我是替他“量身定做”的，我研究和掌握了他的思路和风格，既有高度又有实情，加上无可挑剔的文字。

我还曾请上海市委的一位主要领导视察了4次工作，他是政治家，4次视察讲话都由我为其撰写了讲话稿，他基本都照着讲了。其主要原因是讲稿有高度、有深度，加上尽可能好的文字。我之所以都不让秘书人员代劳，是因为我写起来比较轻松，且成功率很高。

另外，我还运用法律知识执笔起草了一部法规草案。政法学院的老师对我说：许多专家教授一辈子讲法，都没有能参与制定一部法律。

所以，多读书，读好书，大有益。建议校友们读完高中阶段的书后，无论是否完成大学学业，以后是否继续攻读学位，还是从业，都要继续读书，行万里路，读万卷书，做一辈子人，读一辈子书。

1998年在西藏看望上海兵期间留影

二、当兵30年的收获

1969年春季参军后，我来到了上海警备区部队，第二年加入了中国共产党，第三年上半年当了班长，下半年当了排长，年底调到上海警备区司令部任参谋，在警备区机关连续工作了27年，从排级到连、营、团级，从基层连队到军级机关30年军旅生涯，进步不算快，但收获颇丰。我的人生信仰、理念和价值取向，我的世界观和方法论，我的工作能力，就是在这30年形成、成熟和提高的。

第一是坚定信仰信念。台湾著名学者李敖有几句非常精彩的话，他说：要不要推翻中国共产党？不要，因为你打不过他。所以我们就骂他、掐他、推他、咯吱他，使他变好，然后拥抱他。世界上现在政党林立，各国政坛政党轮替，你方唱罢我上台。一直来也有人提出中国要实行多党执政。我的看法是，我国实行中国共产党领导下的多党合作制是非常正确的，因为没有中国共产党就没有新中国，就没有中华民族的未来。中国共产党是世界上最好的政党，这是由它的性质、宗旨所决定的，全心全意为人民谋利益，能够自己解决自己的问题。这样的政党理所当然是最好的政党。所以我对我们党充满信心。

我到过世界上许多国家，比较下来，还是我们的社会主义制度好。去北欧以后，我作了一些比较分析，感到资本主义的价值核心是唯我主义和利己主义，社会主义的价值理念是集体主义和利他主义。两相比较，谁值得信仰、谁最美好是不言而喻的。

所以我坚信我们党、坚信社会主义，并自觉为此而努力工作奋斗，而这样的理想信念，得益于军队这所大学校的教育。政治教育、思想教育、传统教育、世界观和方法论的教育，接受这些教育，我认为没有哪个地方有人民解放军这所大学校好。

第二是养成勤奋敬业。业精于勤而荒于嬉，勤劳不仅是劳动人民的优良品质，而且是创造世间一切财富的源泉。一个人要取得成功，不付出辛苦劳动是不可能的，吃苦耐劳、勤奋敬业是部队生活为我磨炼出来的工作作风。我曾经在连队为完成工作任务连续三天三夜不睡觉，我曾在 8 年时间所有的星期日都用于完成大学本科和硕士研究生学业，我曾经在市政府征兵办工作的 20 余年中常常工作学习到晚上八九点再回家。因此，我所主管的部门工作，不仅在全市一流，而且在全国领先。这一切成果，都是在军队养成的勤奋敬业、吃苦耐劳的工作作风保证下取得的，一份辛勤耕耘，一份劳动成果，只有不计辛劳付出，才能获得丰硕成果。

第三是看重做人做事。军营相对于社会，比较传统、直率、正规、诚信，这些优良风气在人民军队尤其是基层连队保持得比较好。几十年来，我坚持与人为善、高调做事低调做人、宽容、己所不欲勿施于人这些中华民族的传统美德。由于军队生活的熏陶，我对这些传统美德坚信不疑。我信奉做人先于做事，做不好人就做不好事。比如，在我主管的政府部门，我曾经主导提拔了近 10 名县处级干部，都坚持任人唯贤和工作需要的原则办事，没有为此收过 1 分钱、吃过 1 餐饭。我曾为成百上千的平民百姓办过事，都能坚拒种种“好处”。我坚持按党性原则、组织原则、工作原则和法律法规办事，同时能实事求是按情理办事。20 多年来，我直接交往过的省军级领导有 20 多人，没有听说有人在背后说我不好的。

总之，没有党就没有我的今天，没有人民军队就没有我的今天，没有母校就没有我的今天。我非常希望各位校友，不论高中毕业后升学与否，都能到军营干两年，一次当兵，终身受益。当过兵后，无论是人格、意志、思维、视野、体魄都更能挑战任何职业和事业。因为，人民解放军是世界上最好的军队，这也是由它的性质、宗旨和传统所决定的。

三、从政23年的经验

从1988年到2010年，我在上海市政府征兵办公室工作了23年，这是我这辈子的主要工作阶段，也是我实现人生价值的主要时期和工作岗位。我建议校友们无论学文科还是理科，有机会要争取到政府部门过一过。无论什么国家，政府部门往往是社会精英最集中的地方，这并不是因为政府部门是权力机关，而是因为能施展个人才华，能掌握国家机器的运转和游戏规则，这对年轻人无疑是大有益处的。我主持政府部门的工作20多年，把近10万上海人民的优秀儿女组织征集到部队。我最欣慰

国庆60周年与市政府征兵办处长在一起

的有两点，一是征集的近10万男女青年，没有一个因战争而伤亡。二是由于我的努力工作，给千千万万家庭带来了好处和利益。我的从政经验有三条：

1. 要有为民服务的工作理念。大家都知道，新中国成立后，政府部门，关系国计民生的部门，名称前都有“人民”二字，如人民代表大会、人民政府、人民政协、人民军队、人民警察、人民银行、人民邮政等。可见，“人民”在我们党、政府、国家的地位，这也是我前述我们党和军队是世界上最好的主要原因。作为政府官员，必须牢记“人民”最大，为人民服务是最高宗旨。其实，民最大是中华民族的优良传统，连一些封建帝王和士大夫也不得不信奉孟子所说：民为贵，社稷次之，君为轻。为民谋利是历代正直官员最崇高的品德，我在这方面的意识比较强。20多年来，我竭尽全力工作，不仅使上海的征兵工作搞得全国最好，而且把上海的优待政策改进得全国最好。20世纪90年代初，参军青年家庭每年就额外有7 400元收入，相当于当时在职职工年收入，现在更已提高到2万多，并保证退伍兵能安排工作。上海世博会前，上海从高校征了2 000名女兵，其优待政策是国家前所未有的，大家可以从互联网搜索我的有关世博女兵的文章详细了解。我对下属的要求是：要把兵的利益作为最高利益来维护。举两个例子，一个男兵和一个女兵的真实故事：男兵小吴，2006年从闵行区入伍，到部队第二天就兴奋过度得了精神分裂症，按规定要退回。我想作为独生子女家庭，如有1个精神病人，这个家庭就毁了，这于心何忍。于是，我说服部队和区、街道政府部门，让他在上海精神病院治疗3年，又两次带领区武装部长和有关处长到南京与部队商讨，经多方工作，为小吴办了评残手续，由政府接收后公费治疗终身，并由街道出资30万元为吴家换了底层住房。地方政府前后为吴家补贴治疗等费用达

60 多万元。吴父感激不尽，叫我“大恩人”。我说谁让我是人民政府的官员呢？女兵小徐，2007 年从长宁区入伍，到杭州部队后因患重感冒，被部队当作癔症退回，癔症即精神类疾病。为了不使部队难堪，又维护女孩的利益，我想方设法把她挂靠在上海部队，两年服役期后办理退伍手续时按正常安置工作。如当时简单作为癔症病退回，一个姑娘，她怎么就业，怎么嫁人？类似这样的事例有很多。所以我经常说，我的工作，用共产党的理论叫为人民服务，用大众语言叫积德行善。我常以此为荣，常以此为人生最大的快乐。

2. 要有原则性和灵活性相结合的方法。原则性是规则，灵活性是方法。从政不能不按规矩办事，规矩就是法律、法规、方针、政策。从政又不能不讲方法，方法就是方式、手段、智慧、谋略。要在守规矩的同时灵活机动地待人接物处事，无论对上对下，还是横向都要如此。毛主席是原则性和灵活性相结合的典范，他制定的“三八作风”三句话就很经典：坚定正确的政治方向、艰苦朴素的工作作风、灵活机动的战略战术。

几十年从军从政经历可以介绍给校友们一个要诀，在我们的工作和生活中，都会遇到纷繁复杂的人和事，矛盾和困难无处不在。在你左右为难之际，一般可以找一个折中方案的办法来应对，这样，可进可退，不成功损失最小，成功了又不冒风险。这就是我们中华文化的精髓之一：中庸之道。当然，在大是大非面前，我们还是要泾渭分明。

3. 只有在创造社会价值的同时，才能实现自我价值。事业能造就人，工作是立身之本。这是我 40 多年来的工作体验。我和在座的很多校友一样，家在农村，父母是农民，没有任何特殊家庭背景，到上海的时候，不认识一个熟人。依靠在中学学到的知识，加上我们浙江人的勤劳和智慧，在军营起步和进步，到地方建功立业。我的工作成绩，在上海同龄人中是显著的。我对得起母校，对得起家乡，也对得起家人。人的一生，要努力为社会创造价值，同时为自己创造价值，这就是实现人生价值。而且，只有造福社会，才能为自己和家庭创造幸福。我在20岁离开母校跨入军营，走上社会。工作时间可达50年，半个世纪。能这样长时间为国家、为社会、为人民尽力，同时也使自己和家庭生活充实。饮水思源，我要感谢家乡的父老、感谢故乡的水土、感谢母校的教诲。

四、给校友们的四点建议

1. 要为自己设定一个奋斗目标。中长期目标，无非是从政、从军、从商、从教、从医、搞科研等或者出国求学创业。但当前需要的是确定近期目标：读好书。我经历过社会上“学而优则仕”“读书无用论”和“读书有用论”三个时期。我和许多人的基本经验是：高中毕业后，能进大学本科的就不要读大学专科，能进大学专科的就不要读高级职校，能进高级职校的就不要进高级技校，能进高级技校的就不要放弃读书，不过早弃学从业，学一门专业技能就能站住脚。在现代社会，文化程度是人生的起点和起步。起点要力求高一点。古人说：“书中自有黄金屋，书中自有颜如玉。”我认为主要指的是只有读好书，才能实现更高的人生价值。另外，语文、数学和外语，这三门课都要读好，有条件和机会能出国读书也能增加成功的机会。完成学业后，到什么地方或什么行业发展要有一个想法。

2. 要有胸怀和眼界。学生时代要心胸宽、眼光远。要身在校园，胸怀天下，看到全省，看到全国。我国的政治文化中心是北京，经济金融中心是上海，要关注这两个国际大都市。现在有这个条件，有网络，上网不要只看娱乐网站，要对天下大事有点兴趣，看一些官方网，如新华网、人民网、中国新闻网，上海有东方网，还有一些其他网，如凤凰网、百度、新浪、搜狐、网易等，功课紧张可采取浏览的方法。现在和今后要有意结交一些能人、精英和学者朋友，努力去发现去寻找，要交一些比自己有知识、有能力和有层次的朋友。

3. 要经得起成功和失败的考验。成功和失败总是伴随人的一生，对每个人而言只有大小程度不同而已。成功可喜，但注意不要得意忘形，否则极易走向反面。失败和失意不足为奇，人生“不如意事十八九”，万事如意只能是美好愿望。因此失败时不必气馁，失败是成功之母，有时失败和挫折给人带来的收获比成功还要多。

4. 既要尽忠，又要尽孝。尽忠，就是忠于国家、忠于社会、忠于事业、忠于职守，共产党员要忠于党。不论做什么事，不愧对国家、不愧对社会、不愧对事业。尽孝，就是孝敬父母、敬老爱幼，对得起老人、对得起伴侣、对得起子孙。男人要有责任、女人要有素养。既不自命清高，又不妄自菲薄。堂堂正正做人，兢兢业业做事，尽心尽责持家。

最后，祝母校兴旺发达，祝校友们心想事成。

（桐庐中学建校70周年校庆演讲　2011年10月3日）

钟灵毓秀得桂冠

我的老家浙江桐庐享有 27 顶桂冠：中国最美县、国际人居环境示范城市、全国百强县、全国文化先进县、全国科技工作先进县、中国电子商务发展百佳县……

一个县有这么多美誉，必然有它的天时、地利、人和。或者说，有上苍所赋予，有人们所创造。

流经全境的富春江，先揽下上游新安江水的洁净和清澈，后把一江春水注入滚滚钱塘。几千年来，它滋润了桐庐的山，孕育了桐庐的人。桐庐山水之钟灵毓秀、人们之勤劳智慧，造就了如今的一方乐土和福地。

桐庐被誉为“中国最具魅力节庆城市”。桐庐有不少节日，全县最大的节庆非“百姓日”莫属。每年 5 月 6 日是全县的“百姓日”，因为 1949 年 5 月 6 日桐庐解放，县委、县政府思考要让全县人民享受社会主义现代化建设的成果，要让人民群众监督公仆们更好地为人民服务，于是这天被定为“百姓日”。

这一天，全县景区、公交、电影都免费，医院义诊，老人享有免费午餐和慰问金，孩子在学校午餐免费。除了物质享受，还有精神大餐，全县道德模范颁奖大会这天举行，年度模范得以表彰，桐庐人的品格和灵魂在升华，正能量在凝聚，好风尚被弘扬。这一天，全县行政村和社区一村一人选出来的 200 多名代表参观县委、县政府各部门办公场所，举行官民恳谈，感受开放、真实、亲民的党政机关。那些最底层的工人、农民和“县官”零距离接触，在书记、县长的办公桌前坐一坐，激动和感动常驻心间。我曾特意去了方县长的办公室，想看一看他的办公室何以感动了众多百姓，答案是：简朴。我由衷赞叹，桐庐的县官们真接地气，桐庐的百姓真有福气。

桐庐被誉为“中国民营快递之乡”。中国快递的半壁江山是桐庐人开创的。总部都设在上海青浦的申通、圆通、中通、韵达四大快递公司的老总，都来自桐庐的偏僻山乡，都是农家子弟，都只受过中等教育。每每和他们相见，都觉得他们依然朴实，但显然睿智。勤劳和智慧是桐庐人的秉性。申通的陈总创业时，公司只有一辆自行车，他骑着自行车一家一家送快递，历经磨难创出一方天地。圆通的喻总起步时只有2部电话、2辆自行车、5万元开办费、17个兄弟，自己又做老板又当搬运工，如今已购置了数架飞机做起国际快递。中通的赖总经历过不少挫折，但总能抓住商机，一步步把公司经营得风生水起。韵达的聂总创业时，靠一部移动电话联系业务，拼搏十几年，使公司成为快递劲旅。如今他们的公司都有几十亿元产值，4家公司的业务量目前占了全国快递业的三分之二。一些专家学者对这几支“农军”进行过研究，他们在城市没根基、没背景、没资本，原先也没什么经营和管理经验，但都创造了中国和世界快递的奇迹。秘诀在哪？他们成功的秘诀，就是桐庐人的勤劳和智慧，并顺应改革开放的大环境。勤劳创造财富，智慧把握机遇。目前，有数万桐庐子弟在全国快递业忙碌，在上海就有数千人，他们创造的财富和带给社会生活的便利，都是用辛劳和汗水换来的。

桐庐被誉为“华夏养生福地”。2015、2016两年，桐庐都获得“中国最具幸福感县级城市排行榜”第一。人们对城市的认同感、归属感、安定感，对经济文化生活的满足感、向往感、赞誉感是基本要素，而山清水秀是安居乐业的基本条件。桐庐的山郁郁葱葱，桐庐的水干干净净。这样的山水，20 世纪 70 年代前是原生态，此后经历过污染。县委县政府围绕建设最美山水型现代化城市的目标，努力打造风景、低碳、开放、人文、幸福的桐庐，把生态环境当作“奢侈品”和“易碎品”来打造，否定了数百个投资额数百亿元不符合生态要求的投资项目，关停了 1 000 多家有污染企业，全县 100 多个行政村都建起了生活污水处理设施、垃圾分类处理点，使得全域河流随处能游泳，随时能游泳。这是一个多么了不起的造福当代和子孙的幸福工程！全县 83 条主要河溪都达到了三类以上水质，富春江桐庐段则保持二级水质。

桐庐人做事的认真是少见的。县委、县人大、县政府曾作出“不准砍一棵树”等决定。全县的河溪都实行了“河长制”，由乡镇长、村主任任“河溪长”，实行监管责任制。全县的公共厕所和农贸市场，每月都要检查评比“最佳”“最差”，名单在县报上公布。

如此，桐庐的森林覆盖率达 70%，空气优良率全年有 340 余天，人均预期寿命 80.3 岁，成为杭州地区唯一的中国长寿之乡。

如今的桐庐，镇镇有景区，处处有民宿。慢生活、慢景区、慢文化、慢业态，吸引了各地快节奏从业的投资者、旅游者。今年春日，我去芦茨景区民宿参加同学会。晚餐后，有个旅行团在芦茨溪旁举行露天舞会，一问来自上海，他们还带来了铜管乐队，中外名曲的管乐伴随着芦茨溪水优美动听，老老少少的舞伴在山风吹拂中即兴玩乐，几对老外也乐在其中。此情，此景，真正令人陶醉。

（选自《新民晚报》 2016 年 9 月 25 日）

代后记：庆祝共和国华诞暨上海解放70周年歌会在黄浦公园举行

2019年5月25日下午，上海市举办了庆祝中华人民共和国成立70周年暨上海解放70周年大型歌会。歌会由上海警备区政治工作局、市退役军人事务局、市拥军优属基金会、黄浦区人民政府和上海广播电视台主办。市委常委、市委宣传部部长周慧琳、市拥军优属基金会理事长周太彤、驻沪部队负责同志、有关部门负责同志、老战士代表、企业家代表共1 000多人出席了歌会。

初夏的浦江两岸生机盎然，见证中华民族历史沧桑的黄浦公园郁郁葱葱，十五个群众歌咏合唱团近千名合唱队员满怀激情，歌唱人民共和国成立70周年暨上海解放70周年，歌颂中国共产党的英明领导，歌唱祖国70年来从站起来到富起来到强起来的辉煌成果。

歌会分“解放大上海”“建设新上海”和“奋进新时代”三个篇章。情景表演中的《人民解放军军歌》和《七律·人民解放军占领南京》，把人们带到了百万雄师过大江和我军挺进上海的雄壮场景。《解放区的天》唱出了人民喜迎解放的欢乐。艺术家讲述的《英雄赞歌》，讴歌了为解放上海英勇牺牲的数千名革命烈士的丰功伟绩。

在“建设新上海”篇章，歌唱上海工人阶级的歌，歌唱我军和上海名片好八连的歌，歌唱军民团结的歌，少先队员抒发壮志情怀的歌，让人们听到了上海人民在社会主义建设中阔步向前的步伐。

祖国在走向复兴，上海在新时代奋进。《我们的上海》唱出了上海人民海纳百川、追求卓越、开明睿智、大气谦和的上海精神。改革开放以来，上海是希望的田野和沃土，上海和国家一道在走向复兴。歌唱家王宏伟一曲《强军战歌》，让人们热血沸腾，歌唱家魏松一曲《不忘初心》，唱出了上海人民的心声。歌会在指挥家曹鹏指挥下的全场合唱《歌唱祖国》歌声中落下帷幕。这场热情洋溢的歌会录像将在上海电视台播出。

（作为在特殊时间特殊地点举行的大型歌会总策划，我于2019年5月25日凌晨写了这篇新闻通稿）

图书在版编目(CIP)数据

五月的富春江 / 朱留家著. —上海：文汇出版社，2019.8

ISBN 978-7-5496-2959-6

Ⅰ. ①五… Ⅱ. ①朱… Ⅲ. ①散文集—中国—当代 Ⅳ. ①I267

中国版本图书馆 CIP 数据核字(2019)第 158209 号

五月的富春江

著　　者 / 朱留家

责任编辑 / 熊　勇
封面装帧 / 薛　冰

出版发行 / 文匯出版社
上海市威海路 755 号
(邮政编码 200041)
经　　销 / 全国新华书店
排　　版 / 南京展望文化发展有限公司
印刷装订 / 上海光扬印务有限公司
版　　次 / 2019 年 8 月第 1 版
印　　次 / 2019 年 8 月第 1 次印刷
开　　本 / 700×1 000　1/16
字　　数 / 190 千字
印　　张 / 16(彩插 2)

ISBN 978-7-5496-2959-6
定　　价 / 38.00 元